D1146489

TENDRES
MURMURES

Anne SHORE

TENDRES
MURMURES

(Whispers of the Heart)

Roman traduit de l'anglais
par Sylvie Raguin
et adapté par l'éditeur

PUBLICATIONS EDITIONS MONDIALES
2, rue des Italiens — Paris-9e

CHAPITRE PREMIER

La jeune fille brune en robe de chambre à carreaux interrompit le vernissage de ses orteils et lança :

— Anna Katherine Malone, voudrais-tu cesser de tapoter le rebord de la fenêtre avec ce stylo ? Ça me rend folle !

— Excuse-moi, Buffy ! répondit l'interpellée. J'étais bien loin d'ici...

Amy Buffington se remit à son vernissage.

— A Albany [(*)] ?

Katherine Malone soupira et ses yeux bleus fixèrent l'horizon.

— Depuis quelque temps, je n'arrive pas à penser à autre chose.

Le vent frais de mai entrait par la fenêtre. Elle frissonna et resserra sa robe de chambre rose qui faisait ressortir la pâleur de sa peau. Ses cheveux blonds frisaient légèrement autour de son visage

---

[(*)] Capitale de l'Etat de New York.

ovale à la beauté classique que ne déparait même pas son expression de tristesse. Elle était encore sous le choc : ses parents lui avaient annoncé au printemps, dans la bibliothèque de leur maison, à Albany, qu'ils allaient divorcer.

« J'ai l'impression d'être mademoiselle Innocence ! avait-elle dit à son amie. Tu sais, Buffy, tant que j'ai été là-bas, il n'y a pas eu une seule dispute, pas une seule parole désagréable prononcée... J'aurais tout de même dû m'apercevoir que quelque chose n'allait pas ! »

— Peut-être vont-ils revenir sur leur décision ? dit Amy.

— Non, Buffy ! Dans une semaine le divorce sera prononcé. (Les larmes envahirent les yeux bleus de Katherine.) Ils ne vont même pas assister à la remise des diplômes. Ils sont trop occupés, à ce qu'il paraît !

Amy essaya de minimiser l'importance de cette cérémonie qui conclurait quatre années de travail :

— Bah !... Nous allons monter sur l'estrade et on va nous remettre un bout de papier. C'est tout !

— C'est tout, en effet ! répliqua Katherine. Mais je n'ai plus rien à faire ici et pas plus de métier que de chez moi !

— Je n'arrive pas à comprendre que tes parents vendent la maison et qu'ils s'en aillent chacun de son côté.

Katherine eut un sourire.

— En général, Buffy, quand on a divorcé on ne reste pas ensemble...

— Ma tante et mon oncle sont divorcés, Katie, mais ils passent toujours la fête de Noël ensemble ! Il leur est même arrivé de séjourner au même endroit pendant les vacances !

— Maman va s'installer à Key West et papa va partir pour le Mexique, Buffy ! Apparemment, depuis vingt-deux ans il avait envie de vivre là-bas...

« Vingt-deux ans, c'est-à-dire depuis ma naissance ! se dit Katherine. (Instinctivement elle resserra les pans de sa robe de chambre.) Vingt-deux ans, c'est très long ! »

Si ses parents ne s'étaient pas séparés plus tôt, c'était à cause d'elle ! Ils avaient donc attendu qu'elle eût grandi, qu'elle pût « voler de ses propres ailes » pour se libérer. Mais, elle n'était pas en mesure de « voler de ses propres ailes » ! Tout s'était soudain effondré. Deux vies avaient été sacrifiées. La troisième ne serait-elle pas gâchée ?

— Que vas-tu faire, Katie ? demanda Amy en revissant le bouchon de son flacon de vernis.

— Si seulement je le savais ! répondit Katherine, visiblement désemparée. J'ai honte de moi, Buffy : j'ai l'âge de me débrouiller seule, mais je me sens comme une fillette orpheline. Je crois que je ne pourrai plus jamais faire confiance à quelqu'un !

— Pourquoi ne passerais-tu pas l'été ici,

comme l'a suggéré ta mère ? Tu pourrais commencer à préparer ta maîtrise. Tu as toutes tes affaires ici, tu es installée...

— Pas du tout ! Je ne suis pas « installée », Buffy ! J'ai l'impression d'être une mauvaise herbe qu'on a envoyée dans les choux pour qu'elle y pourrisse...

— Je serais donc un chou ? (Le « mot » ne fit même pas sourire Katherine.) Il y a pas mal de choses à faire ici en été, tu sais ! Allez, Katie, accepte ! Tu t'amuseras même, peut-être.

Katherine secoua la tête.

— Je crois que je ne pourrai pas même me divertir tant que je ne serai pas sortie de tout ça ! Je me sens trahie, Buffy ! Cela aurait dû être un des moments les plus heureux de ma vie, mais cette nouvelle est venue...

Elle prit machinalement une revue de mode, la feuilleta.

— Tous ceux à qui j'ai parlé aujourd'hui ont des problèmes ! soupira Amy.

Katherine releva la tête, esquissa un sourire de circonstance.

— Ma pauvre Buffy ! Nous t'accablons avec nos problèmes...

— J'aurais tellement aimé pouvoir aider quelqu'un, Katie ! Mademoiselle Henderson, par exemple. Sais-tu que sa mère a eu une attaque ?

— Mon Dieu, non !

— Et du coup le professeur Robinson est dans l'embarras !

Katherine fronça les sourcils intriguée par ce que venait de dire son amie.

— Pourquoi donc ?

— Eh bien, il devait diriger un séminaire de linguistique à Green Notch, dans le Vermont [*]. Tu sais, ce séminaire auquel j'ai eu envie de participer ?

— Ah oui ! s'écria Katherine, en souriant franchement cette fois. Mais, était-ce la linguistique qui t'attirait ?

— Si Web Robinson est adorable, je n'y peux rien ! De toute façon, il n'a plus d'assistante...

— Mademoiselle Henderson devait l'accompagner ?

— Oui.

— Il peut trouver quelqu'un d'autre ! Mademoiselle Henderson ne va pas abandonner sa mère, même s'il s'agit de l'adorable professeur Robinson, tout de même ?

Amy fronça les sourcils.

— Pourquoi persifles-tu, Katie ? Tu ne lui as jamais parlé ! Autrement tu saurais qu'il est merveilleux.

— Et séduisant...

— Et alors ? Quel mal y a-t-il à cela ?

Katherine pensa au légendaire professeur. Celui-ci avait les cheveux bruns, les yeux gris lumineux, le menton volontaire.

(*) L'un des Etats unis d'Amérique.

— Pourquoi parlions-nous de lui, Buffy ? Ou plutôt pourquoi parlions-nous encore de lui ?

Amy haussa les épaules, l'air ennuyé.

— Parce que je te disais que tu n'étais pas la seule à avoir des problèmes !

— Tu dois me trouver impossible, Buffy ! Je me lamente sans cesse sur mon sort...

— Je ne supporte pas de te voir malheureuse, Katie ! Tu es ma meilleure amie et je voudrais t'aider. Il n'y a vraiment rien que je puisse faire ?

— Supporter ma présence quelque temps, Buffy...

— Ne devrais-tu pas plutôt aller chez ta mère, Katie ? Songe à tous les types merveilleux que tu pourrais rencontrer sur la plage de Key West !

— Je n'aspire pas à rencontrer des types merveilleux, Buffy ! Ah ! les hommes !

— Allons, Katie, tu ne vas pas te mettre à haïr les hommes simplement parce que tu rends ton père responsable de la situation !

— Tu as raison, bien sûr, Buffy ! (Katherine soupira.) En ce moment, la simple pensée que je pourrais être attirée sentimentalement par quelqu'un m'épouvante. Si je pouvais partir pour un endroit que je ne connaîtrais pas, faire quelque chose de totalement différent, je pourrais me reprendre !

— Est-ce que Green Notch est assez loin ?

— Quoi ?

— Green Notch. Tu pourrais participer au séminaire, Katie...

— Je n'ai aucune envie de « retourner à l'école » avant le mois de septembre, je te l'ai déjà dit.

— Tu pourrais assister le professeur...

— Tu es folle ? s'écria Katherine.

Amy sourit largement.

— Tu serais dans un endroit nouveau, tu ferais quelque chose de différent. Et comme tu n'es pas sensible au charme de Web Robinson...

— Tu perds la tête, Buffy ! Et le professeur accepterait-il seulement ? Je ne lui serais probablement pas d'une grande aide.

— Mais, tu sais pas mal de choses en linguistique, Katie !

— Je sais déjà ce qu'est un phonème[*] ! lança Katherine sur un ton gai. Vraiment, Buffy, tu as déjà eu des idées farfelues, mais celle-là est burlesque !

— Tu aurais un appartement en pleine montagne. Il y a un ruisseau qui passe tout près de la maison et une pittoresque chapelle à seulement quelques dizaines de mètres de là, où tu pourrais aller quand tu aurais besoin de réconfort...

— Je t'adore, Buffy !

— Mais, je parle sérieusement, Katie ! Mademoiselle Henderson m'a elle-même donné tous ces détails. Elle regrettait vraiment de ne pouvoir accompagner Web Robinson. Elle s'était

---

[*] Elément sonore du langage articulé.

déjà imaginée allongée dans un transat au soleil, lisant *Anna Karenine* [*] !

— Je dois dire que c'est tentant...

— Ah ! tu vois !

— Soyons réalistes, Buffy ! Crois-tu vraiment qu'un professeur comme Web Robinson accepterait d'être assisté par quelqu'un d'aussi peu d'expérience que moi ? Il y aura des étudiants venus des quatre coins du pays !

— Nécessité fait loi, Katie !

— Mais il n'y a certainement pas nécessité, Buffy ! Il a dû recevoir de nombreuses propositions !

— Tu te trompes, ma petite ! Et comme il doit envoyer le dossier demain s'il veut recevoir une aide matérielle de l'administration...

Katherine mâchonna le bout de son crayon durant un moment.

— Green Notch est pratiquement à l'opposé de Key West et de Mexico, n'est-ce pas, Buffy ?

— Oui.

Les beaux yeux de Katherine s'étrécirent.

Elle réfléchit un moment.

— Mais, je n'aime guère le professeur Robinson et je ne suis pas qualifiée pour faire ce travail...

— Allons donc !

— Mais...

— Il n'y a pas de mais, Katie !

_____

(*) Roman de Léon Tolstoï (1828-1910).

CHAPITRE II

Le Pr Webster Robinson, Web comme l'appe-
laient les étudiants, était, à vingt-huit ans, le
plus jeune docteur en linguistique de l'université de Winslow et le seul homme de moins de
quarante ans qui eût jamais été désigné pour
diriger un séminaire à Green Notch, une retraite
montagnarde hautement appréciée pour son
magnifique paysage, pour son climat vivifiant et
son charme.

Katherine Malone contemplait le célèbre
professeur qui était assis à côté d'elle, alors que
le petit avion traversait un ciel zébré d'éclairs.

Il était beau, on ne pouvait le nier, et c'était
pour cette raison qu'elle devait se méfier de lui.
Son menton saillant, sa bouche sensuelle, son
nez droit et surtout ses yeux gris qui avaient un
pouvoir d'attraction...

Webster Robinson tourna la tête et leurs
regards se rencontrèrent.

— Vous appréciez ce voyage, mademoiselle
Malone ?

— Pas du tout ! A cause de l'orage...

Katherine détourna les yeux. Le professeur avait froncé les sourcils...

Il n'y avait pas de doute : ils n'allaient pas être de bons amis !

Pour la énième fois depuis le départ, elle se demanda ce qui l'avait poussée à se mettre dans une telle situation.

Elle savait bien que Buffy n'était pas responsable : elle ne l'avait pas obligée à se rendre auprès du professeur ce soir de mai.

Web était encore au travail, alors que ses collègues s'en étaient allés depuis longtemps. Il travaillait à la préparation du séminaire et, si elle devait en juger par la quantité de papiers qui se trouvaient sur le bureau et par terre, il était évident qu'il rencontrait une certaine difficulté.

« Puis-je vous aider ? » avait-elle demandé.

Elle s'était baissée et avait détaché le formulaire qui avait adhéré à sa semelle mouillée.

« Je ne sais pas si l'on peut m'aider ! avait répondu le professeur en s'appuyant au dossier de son siège. Je suis dans un véritable bourbier, mademoiselle ! »

Il s'était frotté les yeux, s'était étiré. Il y avait des piles de livres çà et là, des tasses vides...

Elle s'était enhardie.

« Vous travaillez vraiment très tard ! »

Webster Robinson s'était redressé, avait croisé les mains.

Il l'avait observée attentivement et elle s'était senti rougir...

« Il le faut bien si je veux m'en sortir, mademoiselle ! Je ne me doutais pas que mademoiselle Henderson m'était si précieuse ! »

Elle s'était présentée, en bafouillant quelque peu.

« Je me demandais... Mademoiselle Buffington m'a dit... Avez-vous toujours besoin de quelqu'un pour le séminaire de Green Notch ? »

Pendant un moment qui lui avait paru très long, elle n'avait plus entendu que le bruit que faisait la pluie en frappant les vitres.

« J'ai toujours besoin de quelqu'un, mademoiselle. Cela vous intéresse-t-il donc ? »

Elle avait pensé que le professeur devait la trouver bien audacieuse et sa nervosité l'avait fait éclater de rire...

« Cela m'intéresse, en effet ! Mais, je ne sais pas si... »

Le professeur avait ri, mais moins bruyamment qu'elle ne l'avait fait.

« Vous ne semblez pas vraiment intéressée, mademoiselle... »

« Mais si ! En tout cas, je le crois... »

Ils avaient ri ensemble.

« Asseyez-vous donc, mademoiselle, et expliquez-moi tout ! »

Il s'était levé, avait débarrassé un siège des livres qui l'encombraient pour lui permettre de s'asseoir.

Sans fausse honte elle lui avait raconté comment elle en était arrivée là.

Le professeur l'avait écoutée sans l'interrompre une seule fois.

— Voilà ! Je ne peux vous promettre grand-chose pour ce qui concerne la linguistique, mais je pourrais être utile...

Il l'avait regardée avec amusement.

Comme il restait silencieux, elle avait ajouté :

— Je pourrais m'occuper de votre secrétariat, faire de la correction de copies... Mais, en serais-je capable ?

Il avait souri, s'était caressé le menton.

Après quelques minutes, il avait déclaré :

« Je crois que vous ferez très bien l'affaire, mademoiselle ! »

Elle avait battu des cils : il acceptait !

Prise de panique, elle s'était levée.

« Il serait peut-être bon que vous passiez à la bibliothèque, mademoiselle, et que vous « potassiez » *Syntactic Structures* (*) et... »

« Et Emmon Bach et Albert Baugh ? » avait-elle dit d'une toute petite voix.

Il acceptait donc ! Dieu du ciel, dans quoi s'était-elle « embarquée » ?

Webster Robinson avait haussé les sourcils en l'entendant citer les deux éminents spécialistes.

_____

(*) Ouvrage du linguiste américain Noam Chomsky paru en 1957.

« Je crois que vous êtes beaucoup plus qualifiée que vous ne le pensez, mademoiselle. »

« Oh non ! Je connais mes limites... »

Qu'il attendît d'elle plus qu'elle ne pourrait
en faire la mettrait dans une situation fort
inconfortable.

« Eh bien... »

Il l'avait retenue d'un geste.

« Une chose encore, mademoiselle... (Elle
s'était soudain souvenue que Buffy allait souvent s'asseoir près du terrain de tennis, mais
qu'elle regardait plus fréquemment Web Robinson que son livre...) Je vous suis très reconnaissant d'être venue ! J'étais sur le point de tout
abandonner ! »

Elle avait été extrêmement étonnée qu'il lui
fît un tel aveu, au point qu'elle avait bafouillé.

« Ce séjour à Green Notch aura beaucoup
d'importance pour moi, mademoiselle... »

« Je sais que c'est un séminaire qui a une certaine importance... »

« Je veux faire du bon travail, et je pense
qu'avec votre aide ce sera possible... »

Il avait souri largement et elle avait rougi
violemment.

« Vous me donnerez des détails dès que possible ? »

Il avait remarqué son embarras...

« Vous n'avez pas à vous inquiéter, mademoiselle : nous serons deux ! »

Elle avait bredouillé et s'en était allée.

Il l'avait rassurée d'un ton si familier ! Il était charmant, c'était indéniable, avait-elle pensé sur le chemin du retour. Elle avait compris pourquoi Buffy et bien d'autres étaient sous le charme.

Elle avait annoncé la bonne nouvelle à une Buffy anxieuse : elle avait obtenu le poste ! Et elle avait avoué, mais avec une certaine prudence, qu'elle avait trouvé Webster Robinson très agréable.

Cela s'était passé deux semaines auparavant. A présent, ils étaient en route pour Green Notch...

Webster Robinson s'était occupé de tout : il avait réservé les places, avait fait transporter les bagages à l'avance, avait fixé rendez-vous à un chauffeur de taxi. Elle, elle ne s'était souciée de rien.

Elle s'en voulait à présent de s'être laissé mener par lui comme si elle n'avait été qu'une adolescente. Il devait penser qu'elle était sa petite assistante de Winslow ! Eh bien, quand ils seraient à Green Notch, elle lui montrerait quelle femme efficace elle pouvait être ! En tout cas elle essaierait... Elle avait fait bien plus que de « potasser » Chomsky, Bach et Baugh. Elle avait étudié comme elle ne l'avait encore jamais fait et avait maintenant confiance en elle : Webster Robinson ne la mettrait certainement pas dans l'embarras pour ce qui concernait la linguistique.

Il y eut un bruit étourdissant et l'avion se mit à trembler violemment. Katherine poussa un cri aigu et Webster Robinson la serra contre lui, un bras passé autour de ses épaules.

— Encore un peu de courage, mademoiselle ! Nous allons atterrir bientôt...

— En êtes-vous sûr ?

L'avion atterrit bientôt, en effet.

Katherine et Webster Robinson montèrent dans un taxi.

Katherine pensait qu'ils se rendaient au campus mais le taxi s'arrêta devant un vieil hôtel, au centre de la ville.

— Nous allons loger là ? s'écria-t-elle quand elle fut sortie de la voiture.

Webster Robinson sourit.

— Je dois donner plusieurs coups de téléphone. Nous déjeunerons donc ici, puis nous irons chercher la voiture et nous nous rendrons au campus.

— La voiture ?

Le campus était situé à dix kilomètres de là, elle le savait, et cela l'avait tourmentée : dans la situation de dépression où elle se trouvait, supporterait-elle l'isolement ? Ainsi, elle pourrait — avec la permission du professeur — « s'échapper » de temps en temps !

— Celle de ma sœur, mademoiselle.

Katherine attendit que le professeur eût réglé la course.

— Elle habite ici ?

— Pas exactement.

Webster Robinson prit Katherine par le bras et l'entraîna.

Il y avait là une terrasse.

— L'endroit est agréable, n'est-ce pas ? Mais, vous aimeriez peut-être boire quelque chose avant de déjeuner ?

Webster Robinson avança un siège. Katherine s'assit en se demandant quelle tête ferait Buffy si elle les voyait...

— Je prendrai un sherry, dit-elle de la façon la plus nonchalante possible. Vous avez dit que votre sœur n'habitait pas ici ?

Webster Robinson parut gêné.

— En principe elle passe l'été ici. Enfin, pas ici exactement : dans la montagne. Bien qu'elle ait aussi une maison en ville. Mais elle a été appelée ailleurs. (Il sourit.) C'est pour ça qu'elle n'est pas là en ce moment.

« Quelle façon d'expliquer une chose simple ! se dit Katherine. Les génies se trouvent parfois embarrassés quand ils ont à résoudre un problème qui ne présente aucune difficulté, il est vrai ! »

Elle sourit intérieurement, et bâilla machinalement.

— Vous êtes fatiguée ! dit Webster Robinson en la dévisageant, l'air soucieux. J'aurais dû y penser...

Son regard profond prit Katherine au dépourvu.

— Pas du tout ! Je me réveille... Je suis tombée dans une espèce de torpeur à cause du voyage, mais je serai très bien quand nous aurons déjeuné.

Ils commandèrent des apéritifs.

En buvant le sien, Katherine observa à la dérobée Webster Robinson, qui était en train d'étudier la carte. Il avait des cheveux bruns drus, des mains fortes, des épaules larges, et donnait une impression de décontraction.

Il fronça brusquement les sourcils, posa la carte.

— Si vous le permettez, je vais aller donner mes coups de fil et demander qu'on conduise la voiture jusqu'ici. Est-ce que vous pourriez commander pour moi ? Je voudrais une truite...

Il se leva et s'en alla.

Katherine le regarda s'éloigner. Elle éprouvait une certaine sympathie pour cet homme, en définitive.

Il n'était pas etonnant qu'il fût nerveux : de lourdes responsabilités allaient peser sur ses épaules !

Elle, elle était parfaitement détendue à présent !

Elle finit son sherry, passa la commande, et examina paresseusement la ville qui s'étalait.

Au bout d'une rue se dressait une curieuse petite église blanche, perchée sur un tertre, entourée de pelouses qui descendaient en pente et ombragée par d'immenses vieux arbres. Au bout d'une autre rue se trouvait un pont d'où des enfants lançaient des pierres dans l'eau.

Une atmosphère sereine se dégageait de tout cela.

Webster Robinson revint et s'assit devant sa truite dorée et croustillante. Il avait l'air ennuyé. La personne qu'il avait appelée n'avait de toute évidence rien fait pour le tranquilliser.

Katherine pensa qu'il était préférable de ne pas lui poser de questions. Cela ne ferait que l'énerver davantage.

Quand ils eurent terminé, Katherine lança :

— C'était délicieux !

— Je suis content que vous soyez satisfaite... Cet hôtel est réputé pour sa bonne cuisine. (Webster Robinson sourit.) J'ai été un bien ennuyeux convive, n'est-ce pas ? C'est qu'il est arrivé quelque chose !

— Ah ? fit Katherine.

Webster Robinson régla la note et l'entraîna.

— Il s'agit de la voiture ?

— Non, la voiture est là. (Webster Robinson tendit le doigt.) Le jardinier de Helen l'a conduite...

— Helen ?

— Ma sœur...

Ils s'installèrent dans la Mercedes vert foncé dans laquelle quelqu'un — probablement le jardinier — avait mis leurs bagages.

— Dieu merci, pour ça au moins il n'y a pas eu de pépin !

— Puis-je vous aider en quelque chose ? demanda Katherine, intriguée.

— Vous pourriez, répondit Webster Robinson, le visage sérieux, mais j'espère que vous n'aurez pas à le faire.

Katherine haussa les sourcils et médita sur ce qu'elle venait d'entendre.

A présent, son compagnon consacrait toute son attention à la conduite.

Ils roulèrent bientôt sur une route en lacet, le long d'un torrent tumultueux, et Katherine fut captivée par le paysage.

Webster Robinson la laissait tout entière à sa contemplation.

Ils quittèrent le bord du torrent et pénétrèrent dans un bois. Il y avait là un tapis de hautes fougères touffues au pied des épicéas.

Ils revinrent au bord du torrent, traversèrent de nombreux petits ponts de pierre.

Katherine respirait avec plaisir l'air vivifiant et sec, l'odeur des épicéas, des pins et une autre odeur délicieuse — la terre encore humide ? Le soleil brillait dans un ciel sans nuages et ses problèmes étaient très loin. Elle avait été tourmentée pendant des semaines, mais maintenant...

— Green Notch Ski Bowl, lut-elle nochalamment alors qu'ils passaient devant un bâtiment en bois assez bas. Cet endroit doit être fantastique en hiver ! Vous êtes déjà venu à cette saison ?

Webster Robinson sourit.

— Oui. Je venais souvent ici quand j'étais plus jeune. Le mari de ma sœur travaillait à l'école de Williamsport et je leur rendais de fréquentes visites.

— Il doit y avoir beaucoup de neige ici en hiver, dit Katherine. La circulation ne doit pas être facile !

— C'est à cause de l'isolement que j'ai préféré aller à Winslow plutôt que de m'installer ici, mais aussi parce qu'il y avait plus de possibilités pour moi à Winslow.

Katherine le regardait alors qu'il parlait : cet homme avait un indéniable pouvoir de séduction, mais elle n'y succomberait pas. On ne lui avait cependant rapporté aucune histoire d'amour le concernant. S'il y en avait eu, Buffy l'aurait su !

Katherine sourit en pensant à Buffy... Elle, ne se serait-elle pas jetée au cou du professeur ?

— Je suis content que cela vous plaise, dit Webster Robinson en plongeant ses yeux gris dans les yeux bleus de Katherine. J'espère que vous passerez un agréable été et que vous oublierez vos problèmes familiaux.

Katherine ne s'étonna pas qu'il fût informé.

Touchée par sa sincérité, elle répondit impulsivement :

— Je vous souhaite aussi de passer un bon été, et je tiens à vous dire que je suis fière de travailler avec quelqu'un d'aussi éminent que vous.

Il parut assez surpris.

— Vraiment ? C'est étrange, j'ai parfois la nette impression que vous ne m'aimez pas beaucoup...

Katherine se sentit rougir.

— Ce n'est pas ça, répondit-elle gauchement. Je ne suis pas... démonstrative, c'est tout !

— Je vois ! fit-il.

Il se concentra de nouveau sur la conduite.

Seul un homme très sensible pouvait avoir établi un rapport entre la sécheresse de ses réponses et son inimitié, se dit Katherine. Un autre aurait sans doute imaginé qu'elle rusait pour attirer son attention. Elle l'avait peut-être mal jugé, après tout ! Le sentiment d'insécurité qu'elle éprouvait l'avait poussée à se méfier de lui.

— Est-ce encore loin ?

— Non, nous arrivons...

Des bâtiments en rondins se dressaient çà et là.

Webster Robinson arrêta la voiture devant le plus grand et coupa le contact.

Il s'étira.

— Alors, qu'en pensez-vous ?

— Je suis sous le charme ! s'exclama Katherine, les yeux brillants.

Et c'était vrai. Le bâtiment d'aspect rustique allait parfaitement bien dans le paysage.

Un énorme conduit courait le long d'un des murs et elle fut impatiente de voir la cheminée. Elle poussa un soupir de contentement et

éprouva une sensation de paix, comme si elle
atteignait ce de quoi elle avait rêvé.

— Cet endroit était le centre de l'univers
pour moi, dit Webster Robinson, plongé dans le
passé. Quand l'école était finie, nombre de
scouts venaient camper dans la forêt, juste derrière. Nous prenions nos repas ici quand nous
n'étions pas obligés d'ingurgiter le porc, les haricots et la bouillie cuisinés par nous. (Il rit franchement.) J'ai passé de bons moments à courir
autour de ce court de tennis et à traînasser sous
le porche. On s'asseyait souvent sur la balus-
trade et on faisait des concours pour savoir qui
cracherait le plus loin !

Katherine éclata de rire à l'idée que celui qui
allait devenir le Pr Robinson avait participé à de
tels concours.

— Nous faisions aussi des concours de gri-
maces... Vous ne pouvez pas savoir comme
c'était agréable d'être gosse ici !

Il ouvrit la portière.

— Allons-y ! J'ai hâte de voir le directeur. (Il
fronça les sourcils.) Et il faut que je vérifie quelques détails.

Katherine sourit : oui, c'était vrai, il était nerveux.

Elle sortit à son tour de la voiture.

Il n'avait pourtant aucune raison de l'être : il
était le type même de celui qui avait « réussi ».

Elle eut brusquement conscience de l'image

qu'elle devait elle-même donner : ébouriffée, les vêtements fripés, le maquillage disparu...

— Je dois donner un très mauvais spectacle ! s'écria-t-elle. N'y a-t-il pas un endroit où je pourrais me rafraîchir ?

— Par ici, vous trouverez ce qu'il vous faut. (Webster Robinson montrait une porte.) Allez-y ! Dès que vous serez prête nous irons voir le professeur Parker.

Quand Katherine ressortit, quelques instants plus tard, recoiffée et le maquillage refait, Webster Robinson était assis sur un banc, à côté d'un homme d'un certain âge. Celui-ci était en short gris et chemise blanche.

Webster Robinson se leva aussitôt.

— Professeur Parker, je vous présente mon assistante, mademoiselle Malone. Katie, je vous présente le professeur Parker, le directeur de Green Notch.

Katherine pensa qu'il inversait les rôles...

Le Pr Parker lui serra la main.

— Asseyez-vous donc avec nous, ma chère ! Le professeur Robinson m'a dit que votre avion avait été assez secoué. Cette expérience et l'air de la montagne ont dû vous éprouver quelque peu ?

— Pas du tout ! répondit Katherine en s'asseyant. Je trouve tout charmant par ici. On dirait une série de cartes postales !

Le Pr Parker sourit.

— Oui. Chaque année, quand je reviens ici,

j'ai l'impression de rentrer chez moi, et je suis
sûr que cela a beaucoup à voir avec le fait que
cet endroit ressemble à l'image qui était dans
un livre de poèmes que je lisais quand j'étais
gosse.

— Mais oui, bien sûr ! s'écria Katherine. La
maison sort tout droit d'un roman de Hawthorne [1] ! Si je me souviens bien, il s'agit de
Ambitious Guest [2].

— J'espère que vous vous trompez ! dit
Webster Robinson gaiement. Si je me souviens
bien aussi, cette maison a été entièrement
détruite par une avalanche et tous ses habitants
ont péri !

Les deux autres rirent de bon cœur.

Le Pr Parker commenta :

— Heureusement, ce n'est pas la saison des
avalanches de neige ! Mais nous aurons un autre
type d'avalanche demain, quand les cars arrive-
ront : celle des étudiants.

Katherine jeta un coup d'œil sur Webster
Robinson, pour voir quel effet cette annonce
produisait sur lui, mais il n'eut aucune réaction
apparente.

— Nous avons un très bon emploi du temps !
lui dit-il. Deux à trois heures de cours le matin.

---

(1) Romancier américain, Nathaniel Hawthorne
(1804-1864) est l'auteur de *la Maison aux sept pignons* et de *la
Lettre écarlate*.
(2) *L'hôte ambitieux.*

Le reste du temps nous serons libres de faire ce qu'il nous plaira.

— Vous travaillerez tout de même un peu, j'espère ? dit le Pr Parker avec un sourire qui parut moqueur à Katherine.

Katherine rougit, mais Webster Robinson ne fut pas démonté :

— Personne n'a jamais insulté Green Notch en délaissant ses charmes pour se plonger dans le travail et je suis sûr que nous ne serons pas les premiers à le faire.

— Vous avez tout à fait raison ! répliqua le Pr Parker en souriant. Green Notch a toujours été un endroit merveilleux pour les vacances : les ruisseaux à truites sont nombreux, comme vous le savez, et nager, faire des excursions, du bateau...

— Vous oubliez la cueillette des airelles !

— Je ne l'oublie pas ! C'est un des plaisirs favoris de ma femme, une parfaite femme d'intérieur. Et cela ne me gêne pas, surtout lorsque nous ouvrons un pot de sa merveilleuse confiture, une fois de retour chez nous, dans l'Ohio, en hiver...

Katherine les écoutait vaguement, heureuse de s'être décidée à partir. Elle pourrait trouver ici un nouvel équilibre, voir les choses sous un tout autre angle, accepter la décision de ses parents avec sérénité.

— Nous allons partir !

Katherine sursauta. Elle se leva précipitam-

ment. Le Pr Parker répéta qu'il souhaitait que le
séjour leur serait agréable.

— J'espère que vous pourrez vous installer
sans problème ! conclut-il.

Webster Robinson prit Katherine par le bras
et l'entraîna.

Elle eut juste le temps de faire un geste
d'adieu avant qu'il ne démarrât.

— Nous installer ? demanda-t-elle en fixant
attentivement son compagnon. Je vais avoir un
appartement à ma disposition, non ?

— Oui, bien sûr !

— Et vous ? Où allez-vous habiter ?

— J'aurai un appartement aussi.

Katherine éprouva un certain soulagement.

— Alors, pourquoi y aurait-il un problème ?

— Eh bien... (Webster Robinson se passa
l'index sur la lèvre.) Ma sœur...

— Helen ?

— Oui, Helen ! (Webster Robinson sourit.)
Helen devait passer l'été avec nous à Green
Notch avec son cuisinier et sa bonne. La maison
est à elle.

— La maison ? Mais, vous avez parlé
d'appartements !

— C'est un duplex... Il y a un petit appartement à l'étage et un autre, plus grand, au rez-de-
chaussée...

Katherine était inquiète, mais elle n'en
appréciait pas moins que Webster Robinson —

qui l'avait tant impressionnée — fût quelque peu embarrassé.

— Juste avant que nous ne quittions Winslow, j'ai appris que Helen était partie avec le cuisinier et la bonne.

— Elle est allée rejoindre son mari ?

— Non. Richard était beaucoup plus vieux qu'elle et ça fait déjà assez longtemps qu'il est mort. Il était vraiment très sympathique ! Professeur d'anthropologie, il était très connu. C'est son exemple qui m'a poussé à me lancer dans l'éducation. Il était beaucoup plus un père pour moi qu'un... (Webster Robinson jeta un coup d'œil sur Katherine.) Mais je m'éloigne du sujet qui nous intéresse !

— Nous parlions de notre installation. Helen est donc partie...

— Elle est partie pour Berne. Elle s'est rendue au chevet d'une cousine malade, la cousine Rose.

Il cherchait manifestement à gagner du temps.

— Votre sœur ne sera donc pas là ! dit Katherine sur un ton glacial.

Webster Robinson resta un certain temps silencieux.

— Nous serons absolument seuls, ma chère...

— Mais nous aurons un appartement chacun !

— Oui. Vous occuperez celui du haut...

— Cela devrait-il me contrarier ?

— Pas nécessairement...

Il s'engagea dans une allée qui menait à une grande maison haut perchée.

— *Way's End* (*) ! annonça-t-il en coupant le contact.

Katherine vit ce nom sur la boîte aux lettres, avec en dessous *Helen Crandall*.

Des roses sauvages grimpaient sur un treillis devant la maison et de larges buissons de menthe poussaient à côté de la porte d'entrée. Il y avait une quantité extraordinaire de fleurs sauvages alentour.

Katherine poussa un soupir de satisfaction. Elle se voyait déjà se promenant ou s'asseyant près du torrent qu'elle entendait chanter.

— Cela vous plaît ? lui demanda Webster Robinson.

Elle ne répondit que lorsqu'elle fut sortie de la voiture.

— C'est merveilleux !

— Vous ne pouvez savoir comme je suis content !

— Comment avez-vous pu croire qu'il en serait autrement ? Mais, regardez donc !

Il s'approcha d'elle.

— Et tout devient de plus en plus beau au fur et à mesure que l'été avance. Et les poissons

---

(*) *Le Bout du chemin.*

de ce torrent ! Quand vous aurez mangé une truite venue de là...

Katherine le regarda.

— Vous avez eu les nerfs à vif toute la matinée parce que vous croyiez que tout ne s'arrangerait pas de façon satisfaisante ? Dites-moi, pourquoi le fait que votre sœur ne soit pas là est-il si important ?

— Mais, il n'y aura personne pour préparer la cuisine, et pas de bonne non plus...

— Est-ce si important ?

— Vous voyez, il y a un bungalow, juste derrière... Ils auraient habité là. J'ai essayé pendant le déjeuner de trouver quelqu'un... Le professeur Parker n'avait personne à me proposer non plus. Nous n'avons pas de chance ! A moins que la cousine Rose ne guérisse et que Helen ne revienne...

— Nous pourrons très bien nous « débrouiller » seule !

Webster Robinson parut soulagé, puis il eut de nouveau l'air ennuyé.

— Autre chose : je doute fort que vos parents apprécieraient de vous savoir seule dans la montagne, à dix kilomètres de la ville.

— Ecoutez, mes parents n'ont pas à me dicter ce que je dois faire ou ne pas faire ! (Katherine sourit.) Et puis, je ne serai pas tout à fait seule !

— Oui, mais je suis un homme...

— J'avais oublié ! répliqua Katherine, moqueuse.

Elle remarqua avec plaisir qu'il rougissait.

— Les gens pourraient croire...

— Qu'ils croient ce qu'ils veulent ! Nous sommes tous deux des adultes, n'est-ce pas ? Nous pouvons donc faire ce qu'il nous plaît.

— Et c'est exactement ce qu'ils vont croire que nous faisons !

Katherine ne put s'empêcher de rire.

— Ecoutez, Web...

Elle s'arrêta net, étonnée d'avoir été si familière.

Webster Robinson lui sourit d'un air engageant.

— Je me demandais justement si nous ne pourrions pas être un peu moins cérémonieux. Je serai Web et vous serez Katie. D'accord ?

Le cœur de Katherine battit plus rapidement.

— D'accord. Maintenant que nous sommes seuls au bout du chemin...

Il la regardait fixement.

— Revenons à la réalité, Web... Nous sommes ici en tant que professeur et assistante, quoi qu'on puisse en penser. Nous pourrions manger au campus... Quant à la bonne... Je n'en ai pas eu de bonne depuis que j'ai quitté Albany et ça ne me gêne absolument pas. En fait, j'ai plutôt hâte d'avoir à me « dépatouiller » seule !

Webster Robinson regardait avec émerveillement sa compagne.

La joie qu'elle éprouvait de se trouver là lui faisait briller les yeux.

— Savez-vous, Katie, que vous êtes une véritable source d'inspiration ?

— Ah oui ? dit-elle, les joues brûlantes.

— Oui, j'ai bien de la chance d'avoir une assistante aussi joyeuse et aussi belle !

Il continuait de la regarder.

Elle s'assit sur une marche.

— Joyeuse, il y a des mois que je ne l'étais plus et il me semblait que je ne le serai jamais plus.

Il s'assit à côté d'elle.

— Je crois que la joie vous sied, Katie !

Puis, il se pencha et lui baisa légèrement le front.

Elle se leva, rejeta ses cheveux blonds en arrière, les tempes battant sous l'effet de l'émotion.

— Allons donc visiter la maison !

Webster Robinson se leva à son tour, sortit une clef de sa poche.

CHAPITRE III

La porte s'ouvrit et ils entrèrent dans une petite cuisine très claire aux fenêtres garnies de rideaux jaunes, assortis aux murs.

Katherine vit le bouquet de roses sauvages blanches qu'on avait mis dans un vase bleu turquoise.

— Quelqu'un nous a devancés ! dit-elle en plongeant le visage dans le bouquet de roses.

— Oui, je vois ! dit Webster Robinson en s'approchant de la table.

Il prit la feuille de papier qu'avait retenue une salière.

Il sourit en lisant le message.

— C'est Elena !

Katherine se posait une double question : qui était Elena et comment avait-elle pu rentrer dans la maison ?

— Helen lui avait demandé de passer avec une femme de ménage pour tout mettre en ordre ! expliqua Webster Robinson en se tour-

nant vers Katherine. Mais, le bouquet est une
idée d'Elena.

— C'est une amie de votre sœur ?

— Oui. Elle est beaucoup plus jeune que
Helen, mais elles ont en commun l'amour de la
musique. Elles vont souvent ensemble au
concert. Elles ont même suivi des cours de musi-
cologie à l'université !

— Je vois !

Katherine passa de la cuisine à un vaste
salon. Il y avait là une vaste baie vitrée et l'on
voyait le pré qui descendait jusqu'au torrent.

— C'est magnifique ! s'écria-t-elle.

Webster Robinson la rejoignit.

— C'est encore plus beau le matin.

Il désigna un buisson vert foncé.

— Les chardonnerets l'apprécient et ils
seront là quand vous prendrez votre petit déjeuner. C'est un spectacle assez extraordinaire.

Webster Robinson fit faire le tour des pièces
du rez-de-chaussée à Katherine.

— C'est très grand !·commenta celle-ci.

— En plus de ce que vous avez vu, il y a deux
chambres, deux salles de bains, un petit salon.
En hiver aussi on se trouve bien ici.

Katherine porta le regard sur la grande cheminée du salon.

— Je l'imagine ! Vous m'avez bien dit que je
logerais en haut ?

— Excusez-moi, Katie ! C'est ce qui vous
intéresse, bien sûr ! Suivez-moi !

Il la prit par le bras et l'entraîna vers un escalier au haut duquel se trouvait une porte.

— Cette porte-là sépare les deux appartements, Katie. Il y a une entrée de l'autre côté de la maison ; vous pouvez donc être indépendante.

Katherine gravit l'escalier, suivie par Webster Robinson.

L'appartement du haut était plus petit que l'autre.

La chambre était tapissée de papier à fleurs. Au milieu il y avait un grand lit avec un dessus-de-lit de piqué.

Dans le petit salon se trouvaient un bureau, un canapé et plusieurs fauteuils recouverts de velours or. La pièce donnait sur le pré. De petits oiseaux passèrent devant la fenêtre. Les chardonnerets dont avait parlé Web !

— La cuisine est juste à côté. En fait, tout est juste à côté ! (Webster Robinson rit.) Cela ne vous gêne pas que ce soit minuscule ?

— Absolument pas !

Katherine éprouvait la même impression de quiétude que sur le campus.

Elle fit à Webster Robinson un sourire radieux.

— Je suis tellement contente d'être ici !

— Pas autant que moi, répondit-il, tout à coup sérieux. Je ne sais pas ce que j'aurais fait si vous n'étiez pas venue.

— Vous auriez été seul ! (Katherine eut un

sourire provocateur.) Pas tout à fait... Il y a
Elena, n'est-ce pas...

Il fut surpris, puis il rit franchement.

— N'avez-vous pas honte de parler ainsi,
chère assistante ? Que savez-vous sur la dame en
question ? Rien !

— J'en sais peut-être plus que vous ne le
croyez !

Katherine continuait de parler sur un ton
taquin.

— Savez-vous seulement si Elena n'est pas
dotée d'un mari jaloux et si elle n'a pas quelques
enfants ?

— J'imagine qu'elle n'a ni mari jaloux ni
mari indifférent, et qu'elle est... séduisante.

— Elena est célibataire et elle est très belle,
c'est vrai. (Le bruit d'un moteur de voiture leur
parvint.) Vous allez pouvoir faire sa connaissance.

Katherine regarda par la fenêtre. Une voiture
blanche très longue, luxueuse, s'était arrêtée à
côté de la Mercedes. Une jeune femme mince
aux cheveux d'un roux foncé et vêtue d'un tail-
leur blanc très élégant en sortit.

— Bonjour, Elena ! cria Web. Nous sommes
en haut pour une visite d'inspection.

Elle leva la tête vers eux. Elle était belle, en
effet. Elle avait le teint clair et laiteux, des yeux
très noirs et une bouche bien dessinée.

— Tout va bien ? Nous n'avons pas eu beaucoup de temps : Helen m'a appelée peu de temps

avant que vous n'arriviez. (Le sourire d'Elena s'effaça.) C'est mademoiselle Henderson qui est avec toi ?

— Mademoiselle Henderson n'a pu venir. Rejoins-nous donc, que je te présente mademoiselle Malone !

Quand Elena Mac William fut là, Katherine eut la nette impression qu'elle déplorait sa présence.

Webster Robinson lui indiqua la cause de la renonciation de Mlle Henderson.

Elle regarda froidement Katherine.

— On aurait pu trouver quelqu'un ici même, Webster ! Cela aurait permis à mademoiselle Malone de rester chez elle.

Katherine se sentit rougir, mais ce fut sur un ton serein qu'elle répliqua.

— Il est certain que personne n'est irremplaçable, mademoiselle Mac William, mais monsieur Robinson n'aurait pas reçu d'aide de l'administration s'il ne m'avait pas désignée...

Elena Mac William reporta toute son attention sur Webster Robinson.

— Quels sont tes plans, mon cher ?

Webster Robinson, qui s'était laissé tomber dans un petit fauteuil à bascule en osier, la dévisagea.

— Mes plans ?

— Pour ce soir, bien sûr. Tu n'as pas vu mon mot ?

— Oh ! (Webster Robinson parut mal à l'aise.) Oui, mais...

— Cocktail à 19 heures et dîner à 20 heures ! (Elena Mac William se tourna vers Katherine.) Nous serions heureux si vous pouviez venir, mademoiselle Malone.

Elena Mac William avait prononcé cette dernière phrase sur un ton parfaitement indifférent.

— Vous êtes bien aimable, mademoiselle Mac William, mais je préfère rester là. Nous sommes bien passés devant un magasin ?

Elena Mac William acquiesça.

— Il s'agit de *Tucker's.*

Elle sortit les clefs de sa voiture de sa poche, les tendit à Katherine.

— Si vous voulez y aller...

— Je vous remercie, mais je n'en ai pas l'intention...

Si Elena voulait être seule avec Webster Robinson, elle n'avait qu'à redescendre avec lui !

— Nous venions d'arriver quand tu es apparue, Elena, dit Webster Robinson. (Il se leva.) Nous avons un certain nombre de choses à faire, mademoiselle Malone et moi... Ne pouvons-nous reporter ce dîner ?

Il la prit par le bras et l'entraîna vers la porte.

— Aujourd'hui, tu as déjà beaucoup fait, Elena.

Elena Mac William se dégagea.

— Mais, tout est prêt, Webster ! Nos invités seraient fort déçus si tu n'étais pas là !

Webster Robinson fronça les sourcils.

— Je t'accorde une demi-heure, Webster ! Rendez-vous donc à 19 h 30. Dans le jardin... J'ai hâte de pouvoir te parler.

Katherine regarda s'éloigner la belle voiture blanche conduite par Elena Mac William.

— Miss Entêtement, murmura-t-elle.

Webster Robinson la regarda.

— Pardon ?

— Je disais que votre amie était persévérante...

— Elena est quelqu'un de très gentil...

— Et elle est très belle...

— C'est aussi une excellente chanteuse ! Vous l'entendrez certainement un jour...

Katherine faillit dire qu'elle l'avait assez entendue...

Elle fit à Web Robinson un sourire éclatant.

— Ne pensez-vous pas qu'il est temps de décharger la voiture ?

Katherine s'occupa à ranger ses affaires dans le confortable petit appartement en fredonnant.

Puis, appuyée contre le réfrigérateur, elle dressa la liste de ce dont elle avait besoin.

Elle décida d'inviter Web Robinson à parta-

ger un soir son repas. Cela ferait enrager Elena
Mac William !

Elle alla en souriant à la fenêtre et l'ouvrit
toute grande.

Un cheval brun qui paissait dans un pré leva
la tête et hennit doucement. Des nuages blancs
erraient paresseusement dans le ciel.

Katherine respira profondément. Elle pensa
à Buffy, qui l'avait poussée à partir. Pauvre
Buffy, qui était en train de « bûcher » alors
qu'elle-même se trouvait dans un endroit merveilleux ! Buffy aurait défailli à la seule idée
qu'elle aurait pu partager un duplex avec Web...

Elle revit Web se pencher vers elle pour lui
baiser le front...

Une vague de plaisir l'emporta brusquement
et pendant un moment elle se demanda comment elle réagirait si ces mêmes lèvres se
posaient sur les siennes...

Elle referma brutalement la fenêtre. Elle
était venue là pour « faire retraite » en quelque
sorte. Elle ne devait pas s'égarer !

— Hé ! vous, là-haut !

Katherine sortit et vit Web Robinson.

Celui-ci, en maillot de bain rouge, était au
bas de l'escalier.

Il lui sourit.

— Que faites-vous donc ?

— Je m'installe.

— Descendez et allons nous baigner ! Après,

nous pourrons aller jusqu'au magasin acheter tout ce dont vous avez besoin.

— Vous n'aurez pas le temps de faire tout ça ! (Katherine était cependant très tentée...) Avez-vous oublié que vous êtes invité à dîner ?

Webster Robinson s'appuya contre la rampe.

— Ce n'est pas parce que j'ai été convoqué à la table de mademoiselle Mac William que je dois vous laisser mourir d'ennui et de faim ! Et maintenant, dépêchez-vous ! C'est le meilleur moment de la journée pour se baigner !

Katherine et Webster Robinson se baignèrent pendant une demi-heure dans un trou d'eau ombragé. Quelques grosses pierres blanches faisaient barrage un peu plus haut.

Fatiguée, Katherine sortit de l'eau la première. Elle s'allongea sur un rocher plat.

— Je crois que je pourrais rester là longtemps ! dit-elle.

— C'est agréable, n'est-ce pas ? (Webster Robinson s'était assis un peu plus loin.) Ah ! cette Elena qui m'oblige à participer à une soirée mondaine !

— Qu'auriez-vous fait si vous aviez été libre ?

Katherine avait posé la question machinalement, mais n'allait-il pas se méprendre ?

— J'aurais lu un peu, j'aurais observé les

étoiles... (Il tourna la tête.) Nous aurions fait un
peu plus connaissance.

Katherine sourit.

— Il aurait fallu faire vite, car j'ai déjà sommeil...

— C'est à cause de l'air de la montagne. Ce
sera comme ça pendant quelques jours...

Katherine s'assit et défit ses cheveux qu'elle
avait noués pour qu'ils ne fussent pas trop
mouillés.

— J'espère ne pas être trop sommeilleuse
demain. Le travail...

— Vous êtes nerveuse ?

— Un peu. Et vous ?

— J'avoue que je suis fébrile...

— Comme un cheval de course attendant le
signal du départ ?

— Un peu. Ce travail est une gageure pour
moi, mais je suis responsable devant les étudiants...

— Les étudiants comptent beaucoup pour
vous, n'est-ce pas ?

— N'est-ce pas normal ?

— Je connais bien des professeurs qui sont
si soucieux de leur image de marque et si absorbés par leurs travaux personnels qu'ils en
oublient de se demander ce que nous ressentons
quand ils nous voient mordiller nos stylos.

Webster Robinson rit franchement.

— Vous parlez là de mandarins, ma chère.
Moi, je ne veux pas vivre dans une tour d'ivoire !

Katherine était mal à l'aise, car elle l'avait considéré comme l'un de ces mandarins.

— Il y en aura bien deux ou trois chez Elena, j'en suis sûr !

— Vous allez vous ennuyer ?

— Probablement.

— Alors, n'y allez pas !

— Vous me le conseillez vraiment ?

Katherine s'enhardit...

— Bien sûr ! Elle a bien manœuvré, certes, mais vous n'êtes tout de même pas *obligé* de vous plier à ses volontés !

— La réception est organisée en mon honneur.

— Je parie que la moitié de l'assistance sera constituée de femmes futiles. Cela, elle l'aura voulu : ainsi vous ne pourriez porter d'attention qu'à elle !

— Eh bien, mademoiselle Malone, vous n'y allez pas de main morte ! Vous ne tournez pas votre langue sept fois dans votre bouche avant de parler !

— N'oubliez pas que je devais être l'une d'elles ! répliqua Katherine assez sèchement. Pourquoi ne pas l'admettre ? Si vous vous rendez à l'invitation, c'est que vous le voulez bien !

Ils restèrent silencieux un moment.

— Serions-nous en train de nous disputer, mademoiselle Malone ?

Katherine sourit.

— Il me semble...

— Pourquoi ?

Katherine se leva et posa sa serviette sur ses épaules.

— Parce que nous sommes fatigués et un peu nerveux. (Elle plongea son regard dans celui de son compagnon.) Et surtout parce que vous aimez Elena et que je n'éprouve absolument aucune sympathie pour elle !

Il se leva à son tour, lentement.

— Vous venez de la rencontrer, vous ne la connaissez donc pas. Comment pourriez-vous...

— Je la connais assez pour...

— Jugez-vous toujours aussi rapidement les gens ?

— Quand je suis sûre de moi !

Katherine s'éloigna.

Webster Robinson la rattrapa et la fit se retourner.

— Moi, je crois que nous nous disputons parce que nous aimerions passer la soirée ensemble et qu'Elena nous en empêche.

Il la prit dans ses bras et la serra contre lui.

Son contact l'enflamma, mais elle sut se dominer.

— Ne refaites jamais ça ! s'écria-t-elle en s'écartant.

Il eut l'air fâché.

— Je n'aurais pas fait cela si je n'avais pas été sûr que vous vouliez que je le fasse, mademoiselle Malone !

— Je pense que nos relations doivent rester

strictement professionnelles, rétorqua Katherine, les joues brûlantes.

— Je vois, mademoiselle Malone...

— Vous pouvez m'appeler Katherine et même Katie ! dit-elle sèchement.

L'irritation de Webster Robinson — si irritation il y avait eu — s'évanouit brusquement.

— Vous avez raison, bien sûr ! Je vous promets que cela ne se renouvellera pas !

Ils s'en allèrent vers la maison.

Katherine balançait sa serviette en feignant l'insouciance alors que Webster Robinson sifflotait maladroitement.

Lorsqu'ils furent sur la terrasse, Webster Robinson posa la main sur le bras de Katherine et celle-ci s'arrêta.

— J'ai agi comme un rustre, Katie, et je le regrette sincèrement. Me pardonnez-vous ?

Katherine fut apaisée par la sincérité du ton. Elle parvint à sourire.

— Bien sûr. Oublions le... l'incident ! D'accord ?

— D'accord ! Allons sceller ce pacte de paix au *Tucker's* ! Rendez-vous dans... Dans cinq minutes ?

— Je serai prête dans dix minutes !

Le magasin tenait son nom de celui de l'homme qui servait d'énormes sandwichs.

L'endroit était très accueillant.

Il y avait là toutes sortes de conserves qui avaient été préparées artisanalement. Tout près de la caisse enregistreuse, sur une étagère, avaient été disposés de très vieux ustensiles de cuisine, dont Katherine essaya de deviner quel avait été leur usage. Il y avait encore, sur un étal, une large roue de fromage. Harry Tucker lui-même leur en fit goûter. Puis, il leur donna un conseil :

— Les premiers jours, il faut se reposer. Laissez donc vos poumons s'habituer à l'air de la montagne ! Cela prendra un peu de temps... C'est que notre air est pur !

Katherine sourit de la conviction du bon-homme.

— Je voudrais une demi-livre de ce fromage et une miche de ce pain qui sent si bon ! dit-elle.

Webster Robinson appréciait le charme du magasin tout autant qu'elle.

Katherine bavarda gaiement sur le chemin du retour, ayant apparemment oublié qu'ils s'étaient opposés.

— Monsieur Tucker est un homme charmant et très accueillant ! dit-elle. Comme le magasin n'est pas très loin, je pourrai y aller à pied. Au campus aussi, je pourrai y aller à pied. Je serai dans une condition physique excellente à la fin du séjour.

— Mais, la voiture est à votre disposition, Katie !

Katherine sourit à son compagnon.

— Je vous remercie, mais je pense que je n'en aurai pas souvent besoin. J'aime beaucoup marcher.

— Moi aussi. Et si le temps reste au beau, comme c'est probable, j'espère en profiter !

Webster Robinson transporta les deux sacs de provisions à la cuisine de l'étage et Katherine lui proposa de boire un verre du vin qu'elle venait d'acheter et l'invita à s'asseoir dans le minuscule salon.

— Je refuse le verre de vin, mais j'accepte avec plaisir le fauteuil !

— Très bien ! fit Katherine en s'asseyant près de la fenêtre.

— Je viens juste de réaliser que vous allez être seule ce soir... Si vous avez peur de quoi que ce soit, je peux téléphoner à Elena pour me décommander... Je n'éprouverais pas le moindre remords...

— Ne vous inquiétez pas, tout ira bien !

— Mais, c'est votre premier soir ici...

— Qu'importe ?

Webster Robinson sourit et de petites rides fendillèrent sa peau bronzée.

— Avez-vous déjà passé une nuit toute seule dans un endroit aussi isolé que celui-là ?

Katherine battit des paupières.

— Non, mais cela ne m'effraie pas !

— En êtes-vous bien sûre ?

— Tout à fait.

— Je vous promets de ne pas rester trop

longtemps absent ! (Webster Robinson se leva, tendit une feuille de papier.) J'ai inscrit là le numéro de téléphone d'Elena et celui du professeur Parker. Celui-ci n'habite qu'à trois kilomètres d'ici ; il pourrait être là rapidement si vous aviez besoin de quelque chose...

Katherine éprouva soudain une légère inquiétude.

— Tout ira bien, j'en suis sûre !

— Il faut que je parte ! (Webster Robinson se leva.) Je vous reverrai demain matin.

— A quelle heure voulez-vous que je sois prête ?

— A 7 heures ! Nous déjeunerons et examinerons quelques points avant de partir...

— A demain donc !

Webster Robinson s'en alla.

CHAPITRE IV

A 19 h 15, la Mercedes verte s'éloigna de *Way's End*. Des nuages roses flottaient autour du pic le plus élevé. Katherine était à la fenêtre de sa chambre, mangeant un sandwich.

Après le départ de Webster Robinson, le calme régna.

Katherine entendait cependant le cri mélancolique d'un engoulevent, l'aboiement assourdi d'un chien.

Elle frissonna. Jamais elle n'avait été si seule.

Elle retourna au salon, posa ce qu'il restait du sandwich.

Elle concentra toute son attention sur le pré où sautillait un oiseau.

La maison lui avait paru accueillante jusqu'au départ de Webster Robinson. Elle prit un pull léger qui traînait sur un fauteuil, puis elle descendit précipitamment l'escalier, sortit.

Elle hésita. Allait-elle s'installer sur la terrasse ? La vue serait la même que celle qu'elle avait de sa chambre.

L'engoulevent lança encore une fois son cri et elle frissonna de nouveau.

N'avait-ce pas été une folie de venir ici, en définitive ? A cette heure, elle aurait pu être à Key West, au bord de la piscine que sa mère lui avait décrite avec enthousiasme, en train de siroter une boisson glacée, et en la compagnie — elle connaissait bien sa mère ! — d'une dizaine de personnes au moins.

Elle sourit. Il valait peut-être mieux être ici ! Les amis de sa mère étaient souvent frivoles et loquaces et elle n'aurait certainement pas été d'humeur conciliante.

Elle vit le visage riant de sa mère, celui, sombre et sérieux, de son père. Elle remarqua avec étonnement qu'il y avait quelque chose de Webster Robinson dans celui-là. Tous les hommes beaux avaient-ils quelque ressemblance ?

Elle avait toujours été fière de l'allure de son père, que ses amies prenaient souvent pour un frère aîné !

Elle cueillit un brin d'herbe et le mâchonna, pensive, en savourant la fraîcheur piquante.

Avait-elle raison d'établir une comparaison entre Web et son père ? Elle considérait à présent que son père n'était pas digne de confiance. Mais, avait-elle le droit de le faire ? Si son père et sa mère ne s'étaient pas séparés plus tôt, c'était à cause d'elle.

Katherine soupira. Comme les relations humaines étaient difficiles !

Mais, elle devait comprendre le comportement de ses parents ! Le comportement d'hier et celui d'aujourd'hui... Ce n'était certainement pas par caprice qu'ils avaient décidé de se séparer ! A quoi bon chercher une explication à la situation ? Elle devait continuer de les aimer !

Pour la première fois depuis qu'ils lui avaient annoncé qu'ils allaient divorcer, elle pensa à cette séparation sans rancœur...

En se libérant de son ressentiment, elle se libérait du fardeau qui avait pesé sur ses épaules ce printemps. Maintenant, elle était libre !

Son cœur se serra. Libre de quoi faire ? d'être amoureuse ?

L'émoi qu'elle avait ressenti lorsque Web l'avait embrassée s'empara de nouveau d'elle. Et elle l'avait repoussé alors même qu'elle avait envie de le retenir !

Elle poussa un long soupir. Elle lui avait trop bien montré qu'il l'avait offensée. Ça, c'était bien elle ! Elle avait fixé une limite en espérant qu'elle serait franchie...

N'importe quelle fille sensée aurait savouré le moment sans se poser de questions ! Mais, Anna Katherine Malone, elle, s'en était posé !

Elle s'appuya contre un pilier du porche.

Ne se trompait-elle pas en pensant que, parce qu'elle l'avait repoussé une fois, Web se tiendrait coi ? Il considérait peut-être sa réaction comme un défi plutôt que comme un refus définitif ?

Katherine vit la première étoile s'allumer dans le ciel, près du pin de l'allée. La nuit tombait et elle était seule en pleine montagne. Mais, elle sourit. C'était une sensation agréable. Et c'était agréable aussi d'avoir « réglé » ce problème qui l'avait tourmentée pendant des mois. Tout n'était peut-être pas perdu pour elle, après tout ! Il faudrait qu'elle y mît du sien...

A peine avait-elle réalisé que sa vie était entre ses mains qu'une forme se dessina vaguement dans l'obscurité. Un homme s'avançait. Un homme ivre !

Elle se leva précipitamment et courut à la porte.

— Hé ! attendez ! cria l'homme.

Elle tremblait tellement qu'elle ne réussit pas à ouvrir.

Elle se retourna.

L'homme continuait d'avancer en chancelant.

— Que voulez-vous ?

— De l'aide...

Alors seulement Katherine comprit que l'inconnu n'était pas ivre mais qu'il était blessé. Il y avait une tâche de sang sur sa chemise.

— Que s'est-il passé ? Asseyez-vous sur la marche !

Elle l'aida à s'asseoir. Il se prit la tête dans les mains.

— J'ai manqué un virage. J'étais à vélomoteur...

Katherine réalisa que le garçon avait à peu près son âge. Peut-être était-il un peu plus jeune. Il était grand et maigre.

Il avait les vêtements maculés.

— Je ne suis pas un homme de la montagne, dit-il en esquissant un faible sourire, je n'ai pas l'habitude de ces routes qui « tournicotent »...

Katherine lui tendit la main.

— Entrons ! Vous avez une blessure au front. Il faut y mettre une compresse et appeler quelqu'un.

Elle ouvrit la porte facilement.

Elle jeta un bref coup d'œil sur l'escalier qui menait à l'étage. Mais elle décida de garder le garçon au rez-de-chaussée. Elle le fit s'asseoir dans la cuisine.

— Installez-vous dans ce fauteuil ! Je vais aller chercher de la glace et une serviette.

— Je vais bien, répliqua-t-il. (Il s'appuya au dossier, ferma les yeux.) Téléphonez seulement à la police ou à quelqu'un.

Katherine alla à la salle de bains et en revint avec une serviette.

Elle sortit des glaçons, frotta la serviette dessus, et appliqua celle-ci sur le front de l'inconnu.

— Tenez ça !

Elle ouvrit plusieurs placards avant de découvrir une bouteille de sherry. Elle en remplit un verre.

— Buvez donc cela !

Il but avec plaisir et ses joues se colorèrent. Katherine soupira de soulagement.

— Vous avez beaucoup marché ?

— Je ne sais pas exactement. Deux kilomètres peut-être. Mais il a d'abord fallu que je me sorte du ravin. Je vous ai tout sali...

— Ne vous inquiétez pas, cela n'a pas grande importance ! Vous étiez seul, j'espère ?

— Rassurez-vous : personne n'est resté dans le ravin ! Je venais suivre des cours dans le coin...

— A Green Notch ?

— Oui. On ne m'attend que demain matin et j'ai voulu faire un tour. J'ai raté le virage...

Le garçon s'évanouit et Katherine se précipita vers le téléphone. La feuille où Web avait inscrit les numéros de téléphone était dans sa poche, mais ce fut la police qu'elle appela.

Quelques minutes plus tard — mais ces minutes-là parurent extrêmement longues à Katherine — une voiture de police arriva.

Katherine conduisit le policier qui s'était présenté à elle auprès du blessé.

— Il a perdu pas mal de sang, dit le policier qui avait remarqué des tâches sur le plancher. Avez-vous un lien de parenté avec lui ?

— Je ne connais même pas son nom !

Ils étaient à la porte de la cuisine.

— Je m'appelle Jerry Smathers, dit le blessé. Mon vélomoteur est un peu plus bas, au fond d'un ravin.

— Je vais vous transporter à l'hôpital, dit le
policier. Nous examinerons les détails par la
suite... Il faut que vous nous accompagniez,
mademoiselle...

— Moi ? Mais, je ne sais rien d'autre que ce
que je vous ai déclaré. J'étais devant la maison
quand il est apparu...

— Etes-vous ici chez vous ?

— Non. En fait, voyez-vous, je...

— Raison de plus pour que vous veniez,
mademoiselle !

Katherine ne pouvait que s'exécuter.

Jamais sans doute elle n'oublierait cette
« descente » : la voiture roulait à une vitesse ver-
tigineuse et à chaque virage elle craignait qu'elle
ne quittât la route...

Au service des urgences, le médecin annonça
fermement qu'il n'était pas question qu'on inter-
rogeât le blessé avant le lendemain.

Katherine alla donc au poste de police. Là,
elle dut attendre un long moment : deux hommes
d'un certain âge s'accusaient mutuellement du
vol d'un objet sans grande valeur et le policier
recueillit et consigna leurs dépositions contra-
dictoires. (Il se garda de les renvoyer en même
temps.) Puis, elle dit tout ce qu'elle savait et le
policier enregistra consciencieusement.

Katherine fut ensuite raccompagnée à *Way's
End*.

Elle trouva un Webster Robinson anxieux.

Celui-ci la serra violemment dans ses bras.

— Vous allez bien, Katie ?

Elle s'écarta.

— Voyez vous-même !

— Vous parlez comme si vous n'étiez sortie que pour aller boire une tasse de thé et manger un sandwich !

— J'accepterais bien les deux ! Mais, pourquoi avez-vous été si inquiet ?

— Pourquoi ?

Webster Robinson entraîna Katherine jusqu'à la cuisine. Il montra le sol du doigt.

— Voilà pourquoi !

Katherine se laissa tomber sur une chaise.

— Oh ! vous avez cru que...

— J'ai cru qu'on vous avait agressée et enlevée, peut-être assassinée ! J'ai téléphoné à Keith Parker et il m'a indiqué qu'il avait entendu la sirène d'une voiture de police. Je composais le numéro du poste quand vous êtes arrivée.

Katherine serra la main de Webster Robinson.

— Je suis vraiment navrée ! J'aurais dû vous laisser un mot ! Mais tout s'est passé tellement vite ! J'ai dû aller au poste de police pour y faire une déposition...

— Je voudrais que vous commenciez par le commencement ! Que s'est-il passé ici ce soir ? Je n'ai jamais été aussi inquiet, vous savez !

— Je ne me pardonnerai jamais de vous avoir causé tant d'inquiétude ! murmura Katherine en rougissant.

— Ne vous occupez pas de cela ! Expliquez-moi plutôt...

Katherine rapporta ce qui s'était passé.

— Vous voyez, ça a été une soirée passionnante ! conclut-elle.

Webster Robinson soupira et s'appuya au dossier de sa chaise.

— Passionnante ? Je ne suis pas près d'oublier ce que j'ai ressenti en voyant ces tâches de sang par terre et en constatant que la maison était vide. (Il regarda Katherine qui buvait tranquillement son thé.) Avez-vous eu très peur quand vous avez vu ce garçon ! Smathers, c'est ça ?

Katherine sourit.

— J'ai été terrorisée ! Je tremblais tant que je n'ai pas réussi à ouvrir la porte. Heureusement pour ce malheureux garçon ! J'ai oublié ma peur quand j'ai vu qu'il était blessé...

— La police a-t-elle « récupéré » son vélomoteur ?

— Non. Elle le fera sans doute demain matin.

— Ce n'est pas trop grave pour lui ?

— Le médecin l'a assuré, en tout cas. Et vous, comment s'est passée votre soirée ?

— Ma soirée ? (Webster Robinson paraissait se demander à quoi Katherine faisait allusion.) Ah oui ! Très bien ! (Il sourit largement.) Elena ne m'a pas poussé dans les bras d'une femme

futile, si c'est ce que vous voulez savoir... En fait,
j'ai été son cavalier.

— J'aurais dû m'en douter...

— Vraiment ?

— Vous étiez certainement l'homme le
plus... prestigieux de l'assistance. Dans ces
conditions...

— Helmut était là...

— Helmut ?

— L'ex-fiancé d'Elena. J'ai été assez surpris
de le voir là, je dois l'avouer. Ils ont rompu il y a
un an environ...

Katherine observait Webster Robinson. Son
cœur se serrait quand il parlait d'Elena.

— Ils sont restés amis, donc, dit-elle plate-
ment.

— Ils sont restés amis... Mais, vous devez
être épuisée !

Il se leva et elle fit de même.

— Demain, la journée sera très chargée. Je
vais donc vous dire bonne nuit.

Webster Robinson tendit le bras et posa la
main sur l'épaule de Katherine.

— Je suis content que rien de grave ne vous
soit arrivé, Katie. Mais je regrette que vous ayez
dû affronter seule ces difficultés.

Katherine retenait son souffle, sensible à la
pression de sa main sur son épaule.

— Ce n'était vraiment rien.

— Dois-je vous accompagner, Katie ?

— Ce n'est pas si loin ! répondit Katherine, désappointée.

— Eh bien, bonne nuit, Katie !

Katherine monta à son appartement.

CHAPITRE V

Katherine resta longtemps éveillée, à regarder le tapis qu'éclairait la lune, juste à côté de son lit.

Elle avait vécu une journée extraordinaire, qu'elle revoyait dans le détail. Le voyage en avion, le trajet jusqu'à *Way's End*, l'apparition d'Elena, celle de Jerry Smathers, la descente à l'hôpital. Mais sans cesse se superposait l'image du visage de Web. Quand il s'était penché vers elle...

Cette image, il fallait qu'elle la chassât ! Mais le vouloir ne suffisait pas...

Elle ne pensait plus aux événements de la journée mais continuait de voir le beau visage, où qu'elle portât le regard et même quand elle fermait les yeux.

Elle s'assit, alluma. Il était 2 heures ! Dans quel état serait-elle au matin si elle ne réussissait pas à s'endormir !

Elle se leva pour aller chercher un verre d'eau à la cuisine.

En passant dans le salon, la vue des meubles éclairés par la lune l'attira. Elle s'assit pour pouvoir mieux contempler la pièce qui avait un aspect extrêmement différent sous cette lumière.

Elle se déplaça, s'installa près de la fenêtre. Le menton dans la main, elle regarda le pré argenté.

Qu'est-ce qui s'agitait près du torrent ? C'était trop gros pour être un raton laveur. Un renard, peut-être ? ou un lynx ? La beauté du monde, de la nature avec ses mystères, ses drames, et ses tragédies, lui apparut dans sa totalité et elle se sentit toute petite, voire insignifiante.

L'être humain ne faisait que passer sur cette terre et sa vie ne devait pas être seulement une succession de jours, une succession de moments de dispute et d'amour !

Il fallait parfois prendre quelque recul, comme elle le faisait en ce moment, et se voir tel qu'on était réellement : une minuscule partie de l'univers.

Katherine se sentait donc toute petite, assise près de la fenêtre du salon, regardant la nature éclairée par la lune. Elle se sentait toute petite, certes, mais elle ne se sentait pas malheureuse de vivre.

Elle médita tant sur les mystères de la vie qu'elle finit par s'endormir...

Etait-ce le bruit des ailes des chardonnerets qui s'ébattaient dans l'herbe humide de rosée ou le soleil qui brillait qui l'avait réveillée ? Katherine se redressa : où était-elle donc ?

Elle se souvint brusquement de sa rêverie au clair de lune.

Elle s'était endormie dans le salon !

Elle se leva, s'étira. Son dos n'aurait-il pas dû lui faire mal après qu'elle eut passé des heures dans cette position inconfortable ? Elle se sentait fraîche et dispose !

Elle respira profondément l'air frais de la montagne.

Dieu, qu'il était agréable de vivre !

Elle entendit un léger bruit de porte.

Elle se pencha à la fenêtre.

Webster Robinson était là, en robe de chambre rouge, qui regardait le paysage.

— Bonjour ! lui cria-t-elle.

Il leva la tête.

— Tiens, vous êtes déjà réveillée ? Il n'est que 6 h 30 ! Vous auriez pu rester au lit une demi-heure de plus !

— Vous aussi, vous auriez pu.

— A Winslow, je l'aurais peut-être fait. Ici, le matin est le moment le plus agréable et je veux le savourer pleinement. J'ai préparé du café... Si Mademoiselle veut bien descendre...

Elle alla se rafraîchir, revêtit une robe de chambre assez élégante. Elle s'examina d'un œil sévère dans la glace : elle ne serait pas provocante. Cette tenue convenait pour un déjeuner en tête-à-tête avec Web. Elle sourit. « Un petit déjeuner en tête-à-tête avec Web », cela « sonnait » bien !

Webster s'était surpassé : quand Katherine arriva, le couvert était mis sur la table de rotin de la terrasse et le café fumait à côté d'un plat d'œufs au bacon et de toasts dorés.

— Vous vous attendiez à ce que je sois réveillée ! s'écria-t-elle à la vue de ce copieux petit déjeuner. Ou alors vous avez un appétit d'ogre !

Webster sourit.

— J'ai pensé que vous n'aviez guère mangé hier soir et que la faim vous tirerait du sommeil. Avez-vous bien dormi ?

Katherine hocha affirmativement la tête.

Elle ne voulait pas parler de sa méditation nocturne. (Elle se demandait encore comment quelques heures de sommeil avaient suffi à la rendre dispose...)

— Je meurs de faim ! dit-elle. Je vous remercie d'avoir pensé à moi.

— Que pensez-vous de mes chardonnerets ?

Webster lui avança un siège.

Elle admira les oiseaux au plumage multicolore.

— Ils sont charmants... Ils ressemblent un peu à des papillons.

— Les papillons viendront plus tard. Dès que

le soleil aura « essuyé » le pré, ils viendront dan-
ser devant nous.

— C'est vraiment un endroit enchanteur !

Avec un soupir de contentement, Katherine
s'appuya au dossier de sa chaise.

— Et vous pourriez fort bien en être la prin-
cesse, dit doucement Webster en regardant son
visage rayonnant de joie.

Elle sourit et changea de sujet :

— Etes-vous excité à l'idée de la journée de
travail qui nous attend ?

— Oh oui !

Webster avala une gorgée de café tandis que
Katherine se servait.

— Et vous, Katie ?

— Je meurs d'impatience !

— Puisque vous êtes dans une telle disposition d'esprit, rien ne pourra nous arrêter !

— Combien d'étudiants aurez-vous par
classe ?

— Une vingtaine. Je me demandais si ce
Smathers n'était pas un de mes élèves.

— Mon Dieu, je l'avais complètement
oublié ! Il faut que je téléphone à l'hôpital pour
savoir comment il va...

— Je pensais que nous irions ensemble au
campus. J'ai à y prendre un certain nombre de
livres et d'autres éléments de travail...

— Je vous aiderai à charger tout cela dans la
voiture, monsieur le professeur. (Webster
fronça les sourcils d'une façon si comique que

Katherine éclata de rire.) Notre travail finit vers midi, n'est-ce pas ?

— Aujourd'hui est un jour particulier... Aviez-vous prévu quelque chose ?

— Pas vraiment. J'avais envisagé de faire une petite promenade cet après-midi...

— Vous aimeriez peut-être aller en ville et rendre visite à votre blessé ?

— J'aimerais bien. (Katherine sourit.) Mais, je ne voudrais pas vous déranger. A moins que vous ne deviez aller en ville...

— J'ai promis à Elena de passer la prendre vers 16 heures. Cela vous irait ? Nous avons prévu d'aller nous baigner...

Le visage de Katherine s'assombrit.

— Je ne pourrais pas rester à l'hôpital très longtemps et je devrais donc vous attendre... Non, j'irai à un autre moment.

Webster eut un étrange petit sourire.

— Je pourrais rendre visite à Smathers avec vous et ensuite nous irions chercher Elena.

— Non, merci ! répliqua Katherine, glaciale.

— Elle serait contente de vous voir !

Une petite voiture noire arrivait, qui détourna l'attention et de Katherine et de Webster.

Une femme d'un certain âge en descendit.

— Qui cela peut-il bien être ? dit Webster.

La femme arriva sur la terrasse.

Son sourire s'effaça quand elle vit Katherine.

— Oh ! excusez-moi !

— Webster Robinson, madame.

La visiteuse avait le regard fixé sur la robe de chambre de Katherine.

— Je suis Miriam Parker, monsieur.

— Permettez-moi de vous présenter mon assistante, mademoiselle Malone, madame.

— Je suis ravie de faire votre connaissance, madame, dit Katherine en faisant un large sourire.

— Je suis désolée d'avoir interrompu votre... petit déjeuner, dit Miriam Parker en regardant la table.

Webster avait suivi son regard.

— Nous venions juste de terminer. Nous étions en train de dresser le plan de travail pour la journée.

— C'est précisément pour cela que je suis venue, répondit Miriam Parker. (Elle tendit une épaisse enveloppe marron.) Keith m'a demandé de vous remettre ceci. (Webster prit l'enveloppe.) Je ne me doutais absolument pas que vous seriez... en compagnie.

Webster sourit franchement : l'allusion malveillante de Miriam Parker l'amusait visiblement.

— Vous vous êtes levée bien tôt, madame Parker ! Votre premier cours a lieu ce matin ?

— Mon cours ? Il y a assez d'un professeur dans la famille ! J'allais faire des courses. (Miriam Parker se tourna vers Katherine.) Je suis contente de vous avoir vue, mademoiselle...

La dernière fois que nous avons parlé au professeur Robinson, il était extrêmement inquiet à votre sujet...

Webster rougit violemment.

— Je suis impardonnable ! dit-il. J'aurais dû vous rappeler pour vous informer que tout allait bien ! Katie a simplement dû accompagner un étudiant victime d'un accident jusqu'à l'hôpital. Et quand elle est revenue, j'étais tellement énervé que j'ai totalement oublié que vous et le professeur Parker étiez inquiets...

— La police nous a informés : ce garçon est un étudiant de chez nous. Nous avons hésité à vous rappeler mais... Cela valait sans doute mieux : ainsi nous ne vous avons pas dérangés...

— J'espère que vous ne vous êtes pas trop inquiétés, dit Katherine.

— Il y avait pas mal de sang sur le plancher de ma cuisine ! dit Webster gaiement. Et quand je vous ai appelés, j'étais persuadé qu'il s'était passé quelque chose d'effroyable !

Miriam Parker ne se dérida pas.

— Je dois partir. Keith sera soulagé de savoir que tout se passe bien...

— Nous comptons sur vous pour répandre la bonne nouvelle, répondit Webster, sur un ton solennel.

Miriam Parker lui jeta un coup d'œil, mais son visage resta sans expression.

Dès qu'elle fut partie, Katherine éclata de rire.

— Vous auriez tout de même pu lui ôter ses illusions, Web ! s'écria-t-elle.

— Je n'ai pas pu résister ! Elle était tellement épouvantée de nous avoir découverts tous les deux en robe de chambre, en train de partager un petit déjeuner complice !

— Il n'y a vraiment pas de quoi rire ! Une telle femme peut causer du tort si elle le veut !

— Je suis sûr qu'arrivée au bout du chemin elle nous aura oubliés !

— Moi, je n'en suis pas sûre !

— Dépêchons-nous ! Si nous faisions défection dès le premier jour, ça se saurait jusqu'à Winslow !

CHAPITRE VI

Chaque journée était agréable à Katherine à présent. Les débuts avaient été difficiles. Ils avaient passé des moments fiévreux dans le petit bureau que Keith Parker avait mis à la disposition de Web dans le bâtiment principal. Maintenant, Katherine remerciait le Ciel d'avoir inspiré Buffy... Autrement, elle n'aurait pas respiré l'air pur et vif de la montagne, elle ne se serait pas promenée entre le campus et *Way's End*, accompagnée par le croassement des corbeaux.

Tout à Green Notch était synonyme de joie. Il n'y avait qu'une ombre au tableau : l'attachement grandissant de Webster envers Elena était pour elle une source constante d'irritation.

Elle remit d'aplomb une pile de copies d'étudiant et fronça les sourcils en repensant à la svelte jeune femme qui avait accaparé Webster chaque fois qu'il avait été libre.

— Ce n'est pas parce que je suis jalouse, murmura-t-elle.

— Alors pourquoi est-ce ?

Elle se retourna brusquement, toute rouge.

Jerry Smathers lui fit un grand sourire.

— Vous avez entendu ce que je disais ?

— Seulement « ce n'est pas parce que ».

Jerry Smathers s'assit sur un coin du bureau. La seule trace visible de son accident était un mince trait rouge au-dessus d'un œil. Il avait rapidement rattrapé son retard, aidé par Webster et par Katherine. Il rendait souvent visite à Katherine. Etait-ce parce qu'il la trouvait séduisante ou parce qu'il lui était reconnaissant de l'avoir aidé, le soir de l'accident ?

— Que faites-vous là ? Les autres s'en sont allés...

— Je viens juste de finir de corriger des copies...

— Je vais vous raccompagner jusque chez vous, alors. A moins que vous ne souhaitiez aller ailleurs ?

— Je dois me rendre à une chapelle... Pour y prendre un repas !

— Quelle idée !

— Prenez la serviette de Web ! répliqua Katherine en souriant. Je ne crois pas qu'il reviendra... Moi, je porterai le panier à provisions.

— Vous voulez vraiment manger là-bas ?

Katherine ferma la porte du bureau.

— Attendez de voir l'endroit et vous comprendrez !

— Sans blague !

— Mais si, je vous assure !

— Vous parlez de la chapelle qui se trouve sur le chemin de chez vous, sur une hauteur ?

— C'est celle-là même. Vous ne l'aimez pas ?

— Pas beaucoup ! répondit Jerry en faisant la grimace.

— Nous pourrions aller ailleurs ? Près du ruisseau, juste derrière le campus, ça vous irait ?

— En définitive, je préférerais la chapelle. J'aimerais savoir pourquoi cet endroit vous attire.

— C'est sûr ? demanda Katherine, le visage épanoui.

— Sûr !

Ils descendirent l'escalier.

— Saviez-vous que Web, quand il était petit, participait ici même à de grands concours de crachats ?

— Je regrette de ne pas avoir été là, répondit Jerry en riant. (Il jeta un coup d'œil en coin à Katherine.) C'est un chic type, hein ?

— Oui... Quand allez-vous « récupérer » votre vélomoteur, Jerry ?

— Aujourd'hui même. Vous pourriez venir célébrer ces retrouvailles avec moi ? Qu'en pensez-vous ?

— Oh ! je ne crois pas que... C'est que...

— Que vous préféreriez sortir avec quelqu'un d'autre, n'est-ce pas ?

— Quelle perspicacité ! Et avec qui, s'il vous plaît ?

— Avec le professeur Webster Robinson, bien entendu !

— Web ? Mais, vous n'avez pas remarqué ? Il est déjà pris. Et même s'il ne l'était pas...

— Ah bon ? Il est pourtant beau...

— Cet été, je ne suis pas intéressée par les beaux hommes ! (Katherine glissa le bras sous celui de Jerry.) Vous êtes bien placé pour le savoir !

— Vous le regretterez ! dit Jerry en souriant.

Ils gravirent une colline.

— Pourquoi n'êtes-vous pas essoufflé, Jerry ? Vous prétendiez que vous n'étiez pas un homme de la campagne !

Jerry ignora la raillerie.

— Et qu'est-ce qui ne va pas avec les hommes cet été ? Les beaux et les moins beaux...

— C'est une longue histoire ! Mes parents viennent de se séparer et cela m'a perturbée...

— Et vous ne voulez pas vous lier sentimentalement, c'est bien cela ?

— Vous êtes très perspicace, Jerry ! Jusqu'ici, vous et Buffy avez été les seuls à me comprendre...

— Buffy ?

— Buffy, autrement dit Amy Buffington, est une amie... Vous savez, je crois que vous et elle auriez beaucoup de sujets de conversation. Elle vous plairait ! J'aimerais beaucoup que vous fassiez connaissance un jour.

— Vous et moi, nous pourrions avoir beaucoup de sujets de conversation !

Ils arrivaient à la chapelle.

Ils s'installèrent juste à côté.

— Soyez sans crainte, Jerry : vous pouvez parler ; aucun envoyé de l'au-delà ne viendra vous interrompre...

Pendant une bonne demi-heure, Jerry ne s'arrêta de parler que pour mordre dans l'un des excellents sandwichs préparés par Harry Tucker.

Il évoqua son enfance dans une petite ville où son père était le seul pharmacien et qui livrait à l'heure du déjeuner les remèdes qu'il avait préparés, circulant à bicyclette.

— Le père de Buffy est pharmacien, dit Katherine. Encore une possibilité de rapprochement !

— Je suis sûr que Buffy est une fille charmante, mais... (Jerry s'appuya à l'arbre au pied duquel ils étaient.) Expliquez-moi donc pourquoi vous aimez tant venir déjeuner ici !

Katherine regarda la vieille chapelle un long moment.

— D'abord, l'endroit est très calme...

Jerry se redressa.

— C'est bien vrai, ça ! Seuls les corneilles et les écureuils bougent !

Tout près de la chapelle, il y avait un vieux cimetière. Ils s'y rendirent.

— Quelques-unes de ces pierres tombales ont plus de cent ans ! (Katherine en caressa une.) Lucy Chillingworth. Née le 1er juin 1824. Décédée le 11 septembre 1854. Elle n'avait qu'un peu plus de trente ans.

— Epouse de Henry, ajouta Jerry.

Le regard de Katherine erra parmi les petits tertres.

— A quoi donc a bien pu rêver Lucy Chillingworth durant sa courte vie ? Et à quoi pouvait bien ressembler Henry ?

— A un tyran, sûrement ! (Katherine ouvrit grands les yeux, ce qui fit sourire son compagnon.) Le maître qui faisait la loi chez lui à l'aide d'une canne en noyer... Ah ! les puritains [1] !

— Comme vous êtes romantique ! s'écria Katherine sur un ton moqueur.

Jerry s'agenouilla.

— Je peux être très romantique, belle dame !

— Jerry ! dit Katherine en riant. Qui pourrait prendre au sérieux quelqu'un qui porte un tee-shirt avec *Never Play Tennis With An Octopus* [2] ?

Jerry se releva.

_____

(1) Les puritains, protestants rigoristes, formaient une secte. Beaucoup émigrèrent en Amérique au XVIIe siècle.
(2) *Ne jouez jamais au tennis avec une pieuvre.*

— Je vous invite à dîner à l'auberge de Wood Valley. Je suis sûr que vous n'y êtes jamais allée et vous aimerez beaucoup cet endroit : un foyer à l'ancienne, des bancs sculptés, un cadre très rustique. Romantique ! Alors, qu'est-ce que vous en dites ?

Katherine sourit. Jerry se conduisait en adolescent. Mais pourquoi ne sortirait-elle pas avec lui ? Après tout, cela ne constituerait pas un engagement de sa part !

— Je ne suis pas sûre que je « tiendrais » sur votre vélomoteur ! dit-elle sur un ton légèrement moqueur.

— Vous ne croyez tout de même pas que je vais m'amuser à reprendre les virages comme l'autre fois ! Je me suis « payé » un ravin et cela me suffit amplement !

— Eh bien, c'est d'accord alors !

— Fantastique ! (Jerry sourit largement.) Vers 19 heures, ça vous va ? Je vous promets de prendre tous les virages à l'allure d'un escargot !

— J'espère que vous tiendrez cette promesse ! Et maintenant, il faut que je rentre : j'ai un tas de choses à faire. Vous, monsieur Smathers, vous devriez étudier la structure de la phrase ! J'ai lu votre copie, c'est assez médiocre.

— Je tiendrai compte de ce précieux conseil ! Après vous avoir raccompagnée, j'irai me plonger dans la structure de la phrase !

Quand ils furent à la grille du petit cimetière,

Katherine poussa un cri : elle avait laissé la serviette de Webster à côté de la tombe de Lucy
Chillingworth.

— Je vais la chercher ! dit Jerry.

Katherine le regarda partir au pas de course.

Elle se sentait bien plus vieille que lui. C'était
là un étrange sentiment : elle n'était âgée que de
vingt-deux ans !

L'image de Webster se présenta à elle, Web
avec son demi-sourire et ses grands yeux gris
lumineux. « Suffit ! » se dit-elle, en colère. Elle
se mordit la lèvre au sang.

Quand Jerry revint, elle lui cria, sur un ton
de défi :

— On fait la course !

Ils s'élancèrent en riant. Ils coururent, coururent...

Au bas de la colline, ils s'effondrèrent dans
l'herbe haute du bord de la route.

Ils étaient à bout de souffle.

— J'ai gagné ! réussit à dire Katherine.

— Pas du tout ! Vous aviez de l'avance au
départ !

— Ha, ha, ha ! Monsieur Jerry Smathers ne
peut admettre que quelqu'un du sexe dit faible
courre plus vite que lui !

— Silence, faible femme !

Jerry se pencha et prit Katherine dans ses
bras. Ses lèvres cherchèrent les siennes.

Katherine fut si surprise qu'elle ne chercha même pas à s'écarter...

Elle entendit un bruit de moteur, ouvrit les yeux.

Une Mercedes arrivait...

CHAPITRE VII

Debout sous la douche, avec l'eau froide qui coulait en minuscules rigoles sur son corps bronzé, Katherine repensa avec quelque chagrin à ce baiser que Jerry lui avait volé. Quel spectacle ils avaient donné à Web ! Ils étaient là, au bord de la route, se conduisant à ses yeux comme deux enfants fous d'amour !

Elle sortit de la douche et s'enveloppa dans une serviette verte.

Elle entendit la voix de Webster...

— Katie ! Est-ce que je peux monter ?

— Un moment ! cria-t-elle.

Elle s'essuya rapidement et revêtit la robe de chambre que Miriam Parker avait tellement scrutée, un matin sur la terrasse, il y avait quelque temps de cela.

— Voilà !

Webster surgit bientôt, tenant des feuilles de papier.

Lorsqu'il rentrait, l'après-midi, il examinait

les copies qu'elle avait rapportées. S'il y avait
des problèmes, ils s'en entretenaient.

— Est-ce que nous pouvons parler un instant ? lui demanda-t-il en souriant.

— Bien sûr !

Ils allèrent s'installer au salon.

— Il y a quelque chose qui ne va pas ?

— Pas avec votre travail, en tout cas : c'est
excellent, comme d'habitude. Mais la plupart
des étudiants ne semblent pas avoir compris ce
que j'ai expliqué ce matin. (Webster fronça les
sourcils.) Je me demande si j'ai été assez clair.
Vous étiez là : quelle impression avez-vous eue ?

— Votre présentation était extrêmement
claire...

— Où est le problème ?

Webster continuait de froncer les sourcils.

Katherine hésita. Elle connaissait à présent la
modestie de Web : quand quelque chose n'allait
pas, il se tenait pour le principal responsable.
Avait-il été assez clair ? N'avait-il pas parlé trop
rapidement pour que les étudiants pussent prendre les notes nécessaires ? ou trop lentement
pour que leur attention ne se relâchât pas ?

Elle, elle tenait les étudiants pour seuls res-
ponsables. Beaucoup, tel Jerry, s'en tenaient au
strict minimum de travail personnel...

— Excusez-moi de vous dire cela, Web, mais
je pense que vous êtes trop bon !

— Que voulez-vous dire ?

— Vous êtes bien trop patient avec ces étudiants qui griffonnent en pensant à autre chose alors qu'ils devraient écouter attentivement ce que vous dites.

— Vous êtes très loyale, Katie...

Webster eut un léger sourire et le cœur de Katherine s'emballa.

— Eh bien, vous préparez soigneusement vos cours, vous exposez avec un sens certain de la pédagogie, et beaucoup considèrent qu'ils sont là pour s'amuser !

— Pour s'amuser, dites-vous ? (Webster pinça les lèvres.) Je ne savais comment qualifier certain comportement dont j'ai été le témoin...

Katherine devint écarlate.

Webster se leva et s'approcha d'elle.

— Et voilà que vous êtes gênée ! Je n'ai pu m'empêcher de vous taquiner. J'espère que vous voudrez bien me pardonner...

— Ma vie privée ne regarde que moi ! lança-t-elle sèchement. Je suis libre de faire ce qu'il me plaît !

Lui rendait-il des comptes, lui ?

— Bien sûr que vous pouvez faire ce qu'il vous plaît, Katie !

Il s'assit à côté d'elle, passa le bras autour de ses épaules. Il lui prit le menton et lui fit lever la tête.

— Allons, Katie, ne pleurez pas !

Pleurait-elle vraiment ?

— Je ne pleure pas ! s'écria-t-elle.

— Vos yeux me font penser à la mer, Katie...

(Ses lèvres étaient tout près des siennes et elle sentait son souffle chaud sur sa peau.) Je pourrais m'y noyer...

— S'il vous plaît, ne vous moquez pas de moi, Web.

— Me moquer ? Ce n'est certainement pas moi qu'il faut accuser de ce crime, ma chère !

— Je ne comprends pas ce que vous voulez dire, Web...

Il s'approcha encore et ses lèvres frôlèrent les siennes.

— Un de mes élèves a le droit de vous embrasser et moi non. Cela s'appelle de la discrimination !

— Mais, je n'ai pas eu le temps de l'en empêcher ! s'écria-t-elle encore.

Voilà qu'elle s'expliquait alors qu'un peu plus tôt elle avait affirmé que sa vie ne regardait qu'elle ! Mais, elle poursuivit :

— De plus, qui prendrait Jerry au sérieux ? Il est bien jeune...

Avant qu'elle n'eût prononcé cette dernière phrase, Webster s'était éloigné.

— Il a votre âge, je crois.

— Oui, pour ce qui est du nombre des années. Mais, nous sommes très éloignés dans la réalité.

— Je suis heureux de l'apprendre !

Webster avait de nouveau eu un léger sourire.

« Et qu'est-ce que ça peut bien vous faire ?

avait envie de lui crier Katherine. Vous avez Elena, n'est-ce pas ? »

Mais ce fut d'une voix calme qu'elle dit :

— En ce moment, pas un homme ne m'intéresse !

— Vraiment, Katie ?

— Essayez donc de comprendre ! Ce baiser dont vous avez été le témoin ne signifiait absolument rien !

Il l'observa attentivement.

— J'ai du mal à croire que vous êtes femme à embrasser quelqu'un alors que vous ne ressentez rien pour lui...

— Je ne suis pas de pierre !

Il lui faisait dire n'importe quoi !

— Jerry a de l'affection pour moi...

— De l'affection...

— Et j'éprouve quelque sympathie pour lui...

— Vous avez une conception toute personnelle de la sympathie, Katie... Je regrette de ne pas bénéficier de cette sympathie-là !

Webster émit une sorte de gloussement, ce qui fit enrager Katherine.

En définitive, cet homme n'était-il pas un mufle ?

— Vous n'essayez pas de comprendre !

— J'essaie, Katie...

— Non, vous n'essayez pas !

Katherine se leva d'un bond et s'éloigna.

Webster la rejoignit à la cheminée où elle se

tenait, le dos appuyé contre le manteau et les bras croisés.

— Pourquoi nous disputons-nous, Katie ? Si je n'étais pas passé au mauvais moment cet après-midi, nous n'en serions pas arrivés là. Nous serions en ce moment à mi-chemin de la ville... (Il sourit de l'expression d'étonnement de Katherine.) Mais, comme il n'est jamais trop tard pour bien faire, nous pouvons encore aller dîner ! (Il s'inclina.) Mademoiselle Malone, si vous voulez bien me pardonner de vous avoir mise dans l'embarras...

Mademoiselle Malone était prise au piège !

— Je ne peux pas, Web...

— Vous êtes déjà invitée ?

— Oui ! souffla Katherine.

— Par le jeune Smathers ?

— Eh bien..., oui !

— Je ne dois donc pas vous importuner plus longtemps.

Webster se dirigea vers la porte et Katherine le rejoignit.

— Web, je voudrais vous expliquer...

— C'est inutile, ma chère : je comprends très bien.

— Vous ne comprenez rien !

— Nous dînerons ensemble un autre jour !

Webster ferma la porte au nez de Katherine !

Celle-ci demeura un long moment immobile, regardant fixement la porte.

Tout cela était tellement stupide !

Et tout d'un coup l'idée de passer la soirée en la compagnie de Jerry Smathers lui fit horreur.

C'était avec Web qu'elle voulait être et il était temps de mettre un terme au jeu qu'ils jouaient, quelles que pussent être les conséquences !

Elle ouvrit la porte, descendit.

Elle entendit un bruit de moteur, mais cela ne la fit pas revenir sur sa décision...

« *Alea jacta est* [(*)] », se dit-elle.

Si c'était Elena...

Elle trouva Webster dans la cuisine, qui ôtait sa chemise.

Il ouvrit de grands yeux en la voyant.

— Que venez-vous faire ici ? s'écria-t-il.

— Web, je veux que vous m'embrassiez !

Il la regarda fixement.

Katherine s'approcha, passa les bras autour de sa taille, pressa ses lèvres contre les siennes.

Pendant un instant, sans doute sous l'effet de la surprise, il fut sans réaction.

Puis il la serra très fort contre sa poitrine nue et l'embrassa avec passion.

Katherine était transportée...

Mais leur étreinte fut interrompue.

— Je croyais que vous m'aviez entendue frapper !

(*) Le sort en est jeté. Paroles attribuées à César se préparant à franchir le Rubicon.

Ils s'écartèrent l'un de l'autre et Katherine eut le souffle coupé en voyant Miriam Parker sur le pas de la porte, et qui était en ce moment l'image même de la réprobation.

— J'ai le chic pour vous déranger dans vos moments d'intimité ! dit Miriam Parker, se voulant persifleuse.

Pour se donner une contenance, Webster se passa la main dans les cheveux.

— Vos visites n'ont pas été nombreuses, hélas ! chère madame. Mais, entrez donc ! (Il ramassa sa chemise, la déposa sur une chaise.) La situation paraît... gênante alors qu'elle ne l'est pas. Voyez-vous, nous...

Miriam Parker n'avait pas bougé.

— J'en ai assez vu pour savoir quel est le type de vos relations !

Katherine fit un pas en direction de l'intruse.

— Soyez plus précise, je vous prie, madame !

Miriam Parker fut indifférente à l'interpellation de Katherine.

— Vous pouvez être sûr, monsieur Robinson, que je vais informer mon mari le plus tôt possible de cette situation inadmissible ! Vous semblez avoir oublié que Green Notch est une institution respectable ! Les jeunes gens qui viennent là sont parmi les meilleurs du pays et soyez sûr que tout sera fait pour que la réputation du centre ne soit pas entachée à cause du comportement d'un professeur venu pour la première fois !

Après cette diatribe, Miriam Parker s'en alla.

Webster et Katherine entendirent sa voiture démarrer et s'éloigner sans prononcer un mot, encore sous le coup de la surprise.

Webster, visiblement secoué par cette visite mais ses yeux gris encore pleins joie, se tourna vers Katherine et la reprit dans ses bras.

— Où en étions-nous ?

— Comment pouvez-vous penser à autre chose qu'à cette horrible femme ?

— Avec une jolie femme dans les bras...

Webster resserra son étreinte, mais Katherine se dégagea.

— Je parle sérieusement, Web... Elle peut mettre un terme à votre carrière !

— Elle va essayer, en tout cas. Je pourrais aller voir Keith Parker demain matin et lui expliquer la situation ? Il doit bien savoir de quoi son épouse est capable ! Ce n'est sans doute pas la première fois qu'elle accuse de malheureux innocents !

— Je souhaite de tout cœur ne jamais la revoir ! dit Katherine en frissonnant. Que croyez-vous qu'elle venait faire à *Way's End* ?

— Je n'en ai pas la moindre idée ! Le diable l'a probablement poussée jusqu'ici ! (Webster rit franchement.) Et vous étiez en robe de chambre, comme l'autre fois !

— Vous, vous étiez torse nu...

— Je le suis toujours ! (Webster bomba le torse.) Ne nous tracassons pas ! J'arriverai bien

à convaincre Keith Parker que sa chère épouse
n'avait pas à faire irruption dans *Way's End* !
Mais, puis-je savoir ce qui vous a poussée à faire
irruption, vous ? Et cette sollicitation...

Katherine avait la gorge serrée. Elle était
devenue très pâle.

— Je... Je voulais vous parler, Web !

Il haussa les sourcils, sourit avec tendresse.

— Vraiment ? Je n'ai tout de même pas rêvé,
Katie ! Vous m'avez bien... ordonné de vous
embrasser ?

— Je ne savais pas qu'il s'agissait de
madame Parker ! s'écria Katherine, l'air misérable.

— Quoi ? fit Webster.

— Je croyais qu'il s'agissait d'Elena, murmura Katherine.

Webster recula d'un pas.

— Je ne comprends pas, Katie...

— J'avais entendu la voiture. J'ai pensé que
si mademoiselle Mac William nous surprenait
enlacés...

Il la regarda comme si c'était la première fois
qu'il la voyait.

— Ce n'était donc qu'un jeu malsain de votre
part, mademoiselle Malone ! Vous avez une men-
talité que je ne soupçonnais pas !

— Web, laissez-moi m'expliquer !

Les yeux de Webster se chargèrent d'orage.

Il prit sa chemise, la remit, le dos tourné.

Puis il fit demi-tour.

— Vous êtes invitée à dîner, n'est-ce pas, mademoiselle Malone ? N'allez-vous pas être en retard ?

Désemparée, Katherine resta coite un moment.

Quand elle réagit, ce fut pour s'enfuir.

4

CHAPITRE VIII

Le matin, ce fut une Katherine aux yeux secs et aux lèvres serrées qui pénétra dans le bureau du Pr Keith Parker. Elle resta là une demi-heure environ. Quand elle en ressortit, ce fut pour se diriger, la tête haute — on aurait tout de même pu croire qu'elle portait un lourd fardeau —, vers le bureau qu'elle partageait avec Webster Robinson.

Quand elle entra, il était penché sur un manuel et absorbé par sa lecture.

Après un certain temps, il releva la tête. Il fit un petit signe et se replongea dans son travail.

Katherine attendit.

Comme il continuait de l'ignorer, elle décida de rompre le silence.

— Tout est arrangé ! J'ai tout expliqué à monsieur Parker, et il a compris.

Webster posa son stylo et s'appuya au dossier de sa chaise.

— Ce n'était pas nécessaire ! J'ai rendez-vous avec lui ce matin même... J'aurais pu lui parler.

— C'était de ma faute, répondit-elle gauchement. Je voulais la réparer...

Webster parut se détendre.

— Asseyez-vous, Katie ! Vous semblez épuisée...

Katherine s'assit sans discuter.

— Buffy va venir, Web...

— Qui ça ?

— Amy Buffington, une amie. Elle suivait certains de vos cours...

— Buffington... Ah oui ! Une fille assez petite ? Avec des cheveux noirs frisés ?

— C'est cela même.

— Elle va venir, dites-vous ?

— Elle arrive cet après-midi...

— Je ne comprends pas...

— Nous avons besoin d'un chaperon, expliqua-t-elle d'une toute petite voix.

— Je vois, dit-il avec un sourire amusé.

Katherine continua, les yeux baissés :

— Hier soir, j'ai beaucoup réfléchi à ce que je devais faire.

— Après votre dîner ?

— Je me suis décommandée... (Webster dressa l'oreille.) J'ai téléphoné à Jerry pour lui dire que j'étais malade.

— Ce qui n'était pas loin de la vérité, si j'en juge par les cernes que vous avez sous les yeux...

— Etant donné l'ultimatum posé par monsieur Parker... Le cours d'été que Buffy suivait à Winslow venait de se terminer et elle n'avait aucun projet... Pourrais-je vous emprunter la voiture pour aller la chercher à l'aéroport ?

— J'irai la chercher moi-même ! Je suis sûr que vous avez pas mal de choses à faire à cause de sa venue...

— Je ne veux pas vous déranger ! J'ai déjà causé assez de...

— Katie, j'irai la chercher !

Webster avait parlé doucement mais sur un ton ferme.

— Elle arrive à 16 heures...

— Parfait ! Et maintenant, rapportez-moi votre conversation avec le professeur Parker !

— Je lui ai dit qu'il n'y avait rien entre nous, dit Katherine en regardant par la fenêtre. Je lui ai dit que nous nous étions embrassés parfois, mais comme des amis le font. Et que nous préparions souvent le travail ensemble, en déjeunant le matin. Je lui ai dit que parfois nous allions nager ensemble, l'après-midi.

— Pourquoi lui avez-vous dit cela ?

Katherine avait la gorge tellement serrée qu'elle avait du mal à parler.

— Il m'a assuré qu'il me croyait parce qu'il savait — elle cligna — que vous étiez très amoureux d'Elena Mac William.

Elle attendit avec appréhension la réaction de Webster.

— Je vois ! (Webster, le regard pétillant, se

mordilla la lèvre.) Et comment en êtes-vous venus à l'idée du chaperon ?

— Cette idée est de lui... Il me croyait, mais comme il y avait eu des commérages...

— Je crois savoir de qui ces commérages venaient !

— Et il fallait que cela cesse. Il a pensé que la meilleure solution serait que quelqu'un s'installe à *Way's End*.

— La meilleure solution, ce serait plutôt d'étrangler sa femme ! Il pourrait lui ordonner de ne pas rentrer chez les gens sans y avoir été invitée.

— Elle était venue nous inviter à manger avec eux un gâteau aux airelles, Web...

— Les airelles ne sont pas encore mûres !

— Il s'agissait d'airelles cueillies l'année dernière, dit Katherine à voix basse. Elle avait fait trop de conserves...

A son grand étonnement, Webster éclata de rire.

— Vous ne voyez pas comme tout cela est ridicule ?

— Je ne voyais pas les choses comme ça, répondit Katherine misérablement blottie sur elle-même.

— Eh bien, vous avez tort ! Que nous importe qu'on cancane ! Nous sommes ici pour enseigner la linguistique et dans l'ensemble nous avons fait du bon travail. Quoi que nous fassions d'autre, cela ne regarde que nous, après tout !

Katherine se leva. Puis elle secoua la tête, l'air triste.

— Ce n'est malheureusement pas si simple, Web ! Moi aussi j'ai cru cela à un certain moment. Mais, une carrière, une réputation, peuvent être ruinées à cause de commérages ! Il y a toujours des gens qui se repaissent de ragots, hélas ! Et ceux-là s'y entendent à faire condamner tel ou tel !

Webster regarda Katherine fixement.

— Toute cette histoire a été un coup dur pour vous, non ?

— J'ai appris beaucoup de choses ! (Katherine exhala un long soupir.) Et pas seulement à cause de cela... Depuis que nous sommes arrivés, j'ai en quelque sorte grandi. Je n'en veux plus à mes parents de s'être séparés...

Elle regarda derrière lui les feuilles bigarrées d'un hêtre dont l'ombre se dessinait sur la table près de la fenêtre.

— C'est ce que je voulais vous dire l'autre soir, Web.

Il fit un pas vers elle mais elle se détourna.

— A 16 heures, vous n'oublierez pas ? (Elle avait déjà la main sur la poignée de la porte.) Vous êtes sûr que vous la reconnaîtrez ?

— Oui.

— Alors, si vous n'y voyez pas d'inconvénient, je vais aller me reposer.

— Katie !

Katherine regarda Webster.

— Ne soyez pas si triste ! Tout ne va pas aussi mal qu'il vous semble en ce moment. Il y a encore une chose ou deux à régler. Après, tout ira bien, vous verrez. Faites-moi confiance !

Elle lui sourit machinalement, puis elle s'en alla.

Katherine se reposait tranquillement sur son lit en contemplant les poutres de sa chambre. Bien qu'elle eût été très fatiguée, elle n'était pas parvenue à s'endormir.

Mais sur les poutres elle voyait le visage de Web...

Elle pensa à la répulsion qu'il avait éprouvée — « un jeu malsain », avait-il dit — et les larmes lui vinrent.

Elle se mit sur le côté et enfonça la tête dans l'oreiller. Elle savait parfaitement bien pourquoi elle avait agi ainsi : elle avait voulu provoquer la rupture de Web et d'Elena. Mais lorsque Web avait commencé à l'embrasser, elle avait oublié Elena. Elle avait essayé de s'expliquer mais Web n'avait rien voulu entendre. Keith Parker avait raison : Web était épris d'Elena et elle n'y pouvait rien.

Oh ! si seulement elle pouvait effacer cet épisode lamentable et ne se souvenir que des merveilleux moments qu'elle avait connus au cours

de ces dernières semaines, des agréables après-
midi où Web et elle allaient se baigner dans le
torrent ! Un soir il avait attrapé un brochet et
elle l'avait préparé.

C'était la dernière fois qu'elle se trouvait
seule dans ce petit appartement qui, durant ces
précieuses semaines, avait été son vrai « chez
elle ». Dans quelques heures, Buffy avec son rire
strident le remplirait de vie. Elle allait devoir
répondre à des questions, donner des détails.
Finis la solitude, les moments de méditation qui
lui avaient apporté une certaine paix de l'esprit !

Elle aimait bien Buffy, mais en examinant les
relations qu'il y avait eu entre elles elle se rendit
compte que les expériences qu'elle avait faites
ici les avaient éloignées. Il faudrait un certain
temps avant de retrouver leur complicité.

S'il n'y avait eu l'intervention de la puritaine
Miriam Parker...

Restée seule, elle aurait achevé sa métamor-
phose !

Katherine soupira. Pauvre Buffy ! Dans quoi
s'engageait-elle en venant à *Way's End* ! Un sourire éclaira le visage fatigué et humide de larmes
de Katherine. En ce moment, quelque part dans
les nuages, Amy Buffington était la personne la
plus heureuse du monde. Elle allait à Green
Notch et elle vivrait dans la même maison que le
séduisant Webster Robinson !

Le sourire s'élargit : elle connaissait assez
Buffy pour savoir que celle-ci avait dressé un

plan. Elle se trouverait souvent sur le chemin de
Web. Elle ignorait l'existence d'Elena... Quand
elle le verrait seul à l'aéroport...

Katherine se dit que c'était plutôt Web
qu'elle devrait plaindre !

Katherine avait pris une douche et noué ses
cheveux avec un ruban bleu.

Debout près de la fenêtre, elle regardait la
Mercedes verte remonter l'allée. Il était un peu
plus de 17 heures.

Ce fut une Buffy très digne qui attendit que
Web lui ouvrît la portière.

— Buffy ! cria Katherine d'une voix aussi
gaie que possible. Comment s'est passé ton
voyage ?

Buffy leva la tête en mettant sa main devant
ses yeux pour se protéger du soleil.

— Katie ! C'est merveilleux d'être ici ! C'est
vraiment charmant ici, non ? Et cette montagne,
c'est vraiment la plus grande !

Webster se retourna et leurs regards se croi-
sèrent...

— Oui, c'est joli. Je suis tellement contente
que tu aies pu venir !

— Le professeur Robinson m'a tout montré !
lança Buffy en tournant sur ses talons.

— C'est un merveilleux guide, dit doucement
Katherine. Puis elle lança : Rejoins-moi ! L'escalier est juste en face de la porte d'entrée.

Buffy rejoignit Katherine sans plus attendre. Elle alla d'une pièce à l'autre en s'exclamant. Webster apporta les valises.

— J'ai bien peur que vous ne soyez à l'étroit, dit-il. Pourquoi ne changerions-nous pas ? Il y a deux chambres en bas...

Katherine rougit légèrement. Cela se voyait-il tellement qu'elle redoutait les bavardages de Buffy et sa présence constante ?

— C'est inutile, Web !

— Comme vous voulez.

— Nous avons l'habitude de la cohabitation en espace restreint, expliqua Buffy en se laissant tomber avec un air d'intense satisfaction dans le rocking-chair en rotin.

Webster s'appuya négligemment au chambranle de la porte, les bras croisés, et regarda son ancienne élève d'un air amusé.

— Et qu'allez-vous faire durant toute la matinée, Buffy, pendant que Katie et moi serons au travail ?

— Ce qu'elle va faire ? répondit Katherine en souriant. Buffy ne se lève jamais avant midi quand il n'y a pas nécessité. Elle sera tout juste levée quand nous arriverons à la maison !

A la maison...

Ils restèrent silencieux.

Katherine croisa le regard de Web. Etait-ce un effet de son imagination ou Web éprouvait-il le même sentiment de solitude qu'elle ?

Après un long soupir, Buffy brisa ce silence :

— La maison, as-tu dit, Katie ! Je n'ai jamais été aussi contente de la quitter ! Vous ne pouvez savoir comme je m'ennuyais là-bas. Et pour tromper mon ennui je mangeais ! Si tu n'étais pas venue à mon secours, Katie, j'aurais probablement pesé cent kilos en septembre ! Ah ! les drugstores !

— J'y pense par association d'idées, Buffy... Je te présenterai un ami, Jerry Smathers.

— Il apprécie les drugstores ?

— Tu pourras le lui demander ! Il sera là tout à l'heure... (Le regard de Webster s'assombrit.) Nous pourrions peut-être dîner ensemble ?

Webster se raidit.

— J'aurais beaucoup aimé, mais je ne serai pas libre ce soir.

— Une autre fois, alors, dit Katherine d'une voix égale.

— Merci beaucoup, professeur Robinson, dit Buffy en se levant brusquement. Merci d'être venu me chercher et merci pour tout le reste. Je suis vraiment ravie d'être là !

Il sourit. Puis, il se dirigea vers la porte. Là, il se retourna.

— Vous pouvez m'appeler Web maintenant que Winslow est loin, Buffy !

— Web ! Hou ! ! !

— Je vous verrai donc demain matin, dit Katherine d'une voix aimable.

Il n'était pas utile que Buffy sût qu'il existait une certaine tension entre elle et Web.

— D'accord, répondit-il en la regardant à son tour d'un air sérieux. Passez une bonne soirée, mesdemoiselles !

Katherine, déterminée à tirer le meilleur parti possible de l'arrivée de Buffy, avait revêtu une longue robe noire et blanche. Elle mit un collier de perles d'un rouge vif qui tombait naturellement sur l'incrustation de dentelle blanche qui formait un V sur sa gorge laiteuse. Elle compléta sa tenue avec des boucles d'oreilles rouges et constata avec soulagement que de se voir ainsi vêtue et de voir sa turbulente amie dans une splendide robe rose de style paysan la rendait presque allègre.

Jerry arriva à 19 h 30 dans une Chevrolet qu'il avait empruntée et Katherine remarqua avec plaisir que ses yeux brillaient de plaisir quand il regardait Buffy.

Il conduisit les deux jeunes femmes jusqu'à une curieuse maison blanche perdue dans un bosquet de sapins et qui ressemblait plus à une belle vieille maison qu'à une auberge. Mais, elle avait été demeure avant d'être auberge.

L'endroit était très agréable.

Alors qu'ils attendaient dans la salle de jeux qu'une table fût libérée, ils se firent servir du sherry.

Il y avait là un jeu de fléchettes. Jerry lança un défi à Buffy. A Buffy seule...

Bien que Jerry dépassât Buffy d'une tête, ils formaient un beau couple, et Katherine prit plaisir à les regarder s'amuser.

Durant tout le trajet, elle n'avait pu placer un mot, parce que Jerry et Buffy avaient voulu tout savoir l'un de l'autre.

Elle buvait son sherry, se félicitant de les avoir fait se rencontrer dès le premier soir. Au moins là elle avait réussi !

La porte s'ouvrit devant Keith et Miriam Parker. Ceux-ci étaient accompagnés d'une jeune femme professeur et de l'ex-fiancé d'Elena, Helmut Gunther.

Katherine fit un signe de tête à Keith Parker, puis elle rejoignit Buffy et Jerry.

— Que se passe-t-il ? lui demanda Buffy.

Katherine était très pâle.

— Tiens, le professeur Parker ! dit Jerry. Si nous allions le saluer ?

— Non ! fit Katherine d'une voix sèche.

— Vous êtes à nouveau malade ?

— Malade ?

Buffy ouvrait de grands yeux.

— Je vais très bien, Buffy. C'est simplement que cette pièce est mal aérée... Notre table doit être libre à présent !

— Tu ne m'avais pas dit que tu avais été malade, Katie !

Le trio entrait dans la salle du restaurant.

— Ce n'était rien qu'un simple mal de tête, Buffy ! Jerry et moi devions dîner ensemble et

j'ai dû annuler le repas. C'est tout ! Et maintenant tout est pour le mieux puisque tu es ici avec
nous deux ! (Katherine fit un large sourire à son
amie.) Tiens, le serveur nous fait signe d'avancer !

A la table voisine de celle qui leur avait été
réservée se trouvaient Webster et Elena !

Ceux-là étaient tellement absorbés qu'ils ne
levèrent la tête que quand Buffy interpella
Webster.

— Tiens, Web ! Nous nous retrouvons !

Webster se leva en regardant Katherine qui
se sentit rougir violemment.

— Jerry Smathers, dit-il en serrant la main à
celui-ci. Mais, vous connaissez mademoiselle
Mac William, je crois ? Elena, tu te souviens
sûrement de Katie ? Quant à mademoiselle Buffington, c'est une amie de Katie, qui est venue
nous rendre visite.

Elena, visiblement irritée, regarda le verre
vide qu'elle tenait.

Elle était vêtue de blanc, comme d'habitude.
Elle portait cette fois une robe en plis d'accor-
déon.

— J'espère, mademoiselle Buffington, que
vous trouvez l'endroit agréable ? dit-elle.

— Je le trouve très agréable. Je ne remercie-
rai jamais assez Katie de m'avoir fait venir !

Katherine rougit de nouveau.

— Mais, continuez, je vous en prie ! souffla-
t-elle. (Elle se tourna vers Jerry.) Puisque vous

connaissez l'endroit, vous pourriez commander pour nous ?

Leur gêne se dissipa peu à peu.

On les servit et ils se détendirent. Buffy et Jerry eurent le fou rire en voyant l'expression sardonique du poisson qui reposait dans l'assiette du garçon...

Les Parker, Helmut Gunther et le jeune professeur entrèrent à leur tour. On les fit s'installer à une grande table, près d'une fenêtre.

Entre deux bouchées de la délicieuse perche de montagne que Jerry avait commandée pour elle, Katherine remarqua que Miriam Parker et Helmut Gunther occupaient les deux places d'où l'on pouvait bien voir leur table et celle de Web et d'Elena.

Cette étrange soirée aurait une conséquence : Miriam Parker ne pourrait plus cancaner. C'était en tout cas ce que pensait Katherine. Elle ne comprenait pas qu'on se plût à commérer !

Buffy était donc là et la situation se présentait différemment. Miriam Parker ne pourrait plus se répandre en bavardages ! Elle ne pourrait plus nuire à Web et cela était l'essentiel !

Katherine jeta un coup d'œil sur la table voisine.

Et quelle importance cela avait-il si Web aimait Elena ?

Oh oui ! cela avait de l'importance !

Buffy avait mille questions à poser à Katherine et elle posa les premières dès qu'elles furent seules.

— Où diable as-tu bien pu rencontrer un type aussi adorable ? Tu as vu cette liasse de billets qu'il a sortie pour payer ? Son père n'a sûrement pas le même genre de boutique que le mien ! Et ces yeux rêveurs ! Tu as vu ces yeux, Katie ?

— A quelle question veux-tu que je réponde d'abord ?

Katherine souriait de l'excitation de son amie.

Buffy rit et se laissa tomber dans le rocking-chair.

— Je ne me suis jamais autant amusée, Katie ! Jerry va venir demain après-midi, en vélomoteur cette fois. Tu as entendu ça ? Il va venir me chercher pour faire une ballade. Youpi ! Avec tous ces virages, ça doit être enivrant !

— C'est à cause d'un de ces virages que j'ai fait la connaissance de ce « type adorable », Buffy. Jerry l'avait raté...

Katherine dut tout raconter, sans omettre le moindre détail.

— Ben ça alors ! s'écria Buffy, les yeux ronds, quand Katherine eut terminé son récit. Quelle aventure !

Elle paraissait soucieuse à présent.

Il y eut un moment de silence.

— J'ai empiété sur ton domaine, n'est-ce pas, Katie ?

— Quoi ?

— Je viens seulement de penser que Jerry et toi...

— Oh non, Buffy ! Nous ne sommes que des amis. Nous sommes sortis un peu ensemble mais juste pour le plaisir. Il n'y a absolument rien entre nous. De toute façon, s'il y avait eu quelque chose, j'aurais perdu la partie ce soir. Peut-être ne t'en es-tu pas rendu compte, mais il n'a eu d'yeux que pour toi !

— Il est merveilleux ! Vraiment merveilleux ! Et cette jolie rousse qui était avec Web, elle aussi est merveilleuse...

Katherine déglutit, mais Buffy ne s'aperçut pas de son trouble.

— Oui, elle est très belle.

— Très belle ? Elle est magnifique, oui ! Et il est évident qu'il est épris d'elle. Tu as vu la façon dont il la regardait ? On a raison de dire que les amoureux sont seuls au monde !

— Prendras-tu une douche avant de te coucher, Buffy ? Je voudrais y aller...

— Vas-y, Katie ! Moi je veux rester là : j'ai besoin de mettre en ordre mes idées. Il y a donc cet épatant Jerry...

Katherine laissa Buffy à ses rêves.

Quand elle fut sous la douche, elle se dit que c'était là le seul endroit où elle pouvait laisser tomber toutes ses défenses, car personne ne

pouvait la voir. Personne ? Buffy était là... Même
la douche ne serait plus un lieu de retraite sûr !

L'instant d'après, Buffy, en petite tenue,
écarta le rideau de la douche.

— Que dirais-tu d'une collation, Katie ?

— Moi, j'ai bien assez mangé ! Mais, tu peux
puiser dans le réfrigérateur... Bon appétit !

Buffy fit un grand sourire à Katherine.

Quand Katherine eut fini de se doucher, elle
entendit son amie qui fredonnait dans la cuisine
tout en farfouillant dans le réfrigérateur.

Elle commençait à s'endormir — et il lui
avait fallu cinq bonnes minutes pour ôter du lit
le fatras que Buffy y avait laissé — quand celle-
ci arriva, avec un énorme sandwich et un grand
verre de lait.

— Tu es sûre de ne rien vouloir manger ?

— J'allais m'endormir, Buffy ! répondit
Katherine avec un soupir. N'as-tu pas sommeil,
toi ? L'air de la montagne a la réputation d'être
soporifique...

— Je n'ai pas du tout sommeil ! (Buffy s'assit
sur le bord du lit et croisa les jambes.) J'aimerais savoir comment tu passes ton temps libre,
Katie. Et Web, qu'est-ce qu'il fait ? Il n'est tout
de même pas tout le temps avec son amie ?

— Est-ce que ça ne peut pas attendre à
demain matin, Buffy ? Je suis vraiment fatiguée !

Buffy entendit-elle seulement ?

— Je n'arrive pas à croire que je suis dans la

même maison que cet homme prestigieux ! (Elle avala une gorgée de lait.) Mais en ce moment nous ne sommes pas dans la même maison ! Je suis sûre que quand il est avec Elena, elle le retient ! Il doit rentrer tard, non ? S'il rentre...

— Je ne sais pas ! Je suis toujours endormie quand il rentre !

Pour rien au monde Katherine n'aurait avoué à son amie que souvent elle avait attendu son retour avant de s'endormir. Quand il rentrait plus tard que d'habitude, elle s'impatientait : ne lui était-il pas arrivé quelque chose ? Cette question, elle se la posait, mais elle savait bien qu'elle s'impatientait pour une tout autre raison...

Quelle que fût l'heure à laquelle il arrivait, il sifflotait, chantonnait même parfois, comme s'il était seul à *Way's End* !

— Que t'arrive-t-il, Katie ? Tu es toute pâle !

Katherine se redressa brusquement.

— Buffy, je dois travailler demain matin, moi ! Si tu n'as pas sommeil, va t'installer au salon ! Il y a là-bas d'excellents magazines ! J'ai besoin de dormir !

Buffy sourit.

— J'y vais, j'y vais... Excuse-moi, Katie ! Comme je suis en vacances...

Katherine poussa un soupir de soulagement quand Buffy passa la porte.

Quelques heures plus tard, elle fut réveillée par la voix de Buffy...

— Il est rentré, Katie !

— Quoi ? fit Katherine, hébétée.

— Web vient d'arriver.

— Oh !... Ne pourrais-tu pas dormir, Buffy ?

— On y va ! On y est, même !

CHAPITRE IX

Au premier rayon de soleil, Katherine se glissa sans bruit hors du lit, ramassa les habits qu'elle avait eu la précaution de préparer la veille, pendant que Butty fouillait dans le réfrigérateur.

Elle alla à la salle de bains, fit sa toilette et s'habilla.

A la cuisine, elle remplit un pot de lait, prépara rapidement un sandwich. Elle s'en alla avec...

Elle respira profondément l'air frais et remarqua avec surprise et une certaine tristesse que cela « sentait » déjà l'automne. Le pin blanc au bord de l'allée se balançait au vent léger du matin et le soleil surgissait au-dessus de Green Notch, à travers une légère brume.

Quelques semaines plus tard elle quitterait Green Notch. Elle n'y reviendrait probablement jamais.

Katherine soupira. Il fallait qu'elle chassât

sa mélancolie pour pouvoir pleinement profiter de cette magnifique matinée.

Elle fit rapidement le tour de la maison et s'engagea dans le chemin qui menait au torrent. Elle avait décidé de prendre son petit déjeuner sur le rocher plat qui se trouvait près de l'endroit où ils s'étaient baignés, le premier jour, ce jour qui lui semblait si lointain maintenant.

Arrivée au bord du torrent elle ôta ses chaussures et entra dans l'eau.

L'eau était glacée, mais cela la ravit. Elle poussa de petits cris.

Elle avait presque atteint le rocher quand on l'interpella.

— Hé ! Katie !

Elle sursauta.

Assis sur la rive opposée, une canne à pêche à la main, Webster lui souriait...

— Je vois que nous avons eu la même idée ! lança-t-il.

— La fuite ? dit Katherine en lui rendant timidement son sourire.

— Appelez cela comme vous voulez !

Elle grimpa sur le rocher, soulagée de constater que la présence de cet homme qui était apparu dans la plupart de ses rêves ne la troublait pas.

— Vous avez l'intention de pêcher votre petit déjeuner, Web ?

Cela le fit rire.

— J'espère pêcher notre dîner !

« Notre dîner », avait-il dit. Serait-il possible que...

— Notre dîner ? répéta Katie, le cœur battant très fort.

— Eh oui ! J'ai pensé que nous pourrions dîner à quatre...

A qui pensait-il donc ?

— Je parlerai à Jerry Smathers après le cours. Et si je ne vois pas Buffy, pourriez-vous lui transmettre l'invitation ?

— Vous allez faire la cuisine ? dit Katherine, ébahie.

Douteriez-vous de mes talents, mademoiselle Malone ?

— Et si vous n'attrapez rien ?

Katherine était parfaitement détendue soudain.

Webster leva brusquement sa canne. Un poisson se balançait au bout du fil.

— Et voilà !

— Merveilleux ! s'écria Katherine. Mais il en faudra bien plus pour satisfaire l'appétit de Buffy, sachez-le !

Webster sourit.

— Et il y a Jerry Smathers ! A eux deux, ils peuvent engloutir pas mal de nourriture...

Il n'était pas aussi captivé que cela par Elena s'il avait remarqué que Buffy et Jerry avaient rendu un hommage particulier à la cuisine du chef de l'auberge !

— J'ai aussi beaucoup apprécié ce dîner, vous savez !

— Malgré la présence de Miriam Parker ?

Katherine ne répondit pas à l'allusion.

Webster avait les yeux fixés sur le bout de sa ligne.

— J'espère que nous avons joué nos rôles de façon assez persuasive ?

Katherine sentit son pouls s'accélérer. Il faisait donc semblant d'être très intéressé par ce qu'Elena lui disait ! Il jouait un rôle à cause de la présence de Miriam Parker ! Mais alors... Mais alors elle revint à la réalité lorsqu'elle se souvint que Webster et Elena étaient très absorbés l'un par l'autre avant l'arrivée de la puritaine dame.

— Vous avez très bien joué le vôtre, Web ! N'importe qui s'y serait laissé prendre.

— Je l'espère bien ! (Webster prit un autre poisson, mais cette fois Katherine ne réagit pas.) Comment est-il possible que l'épouse de Keith Parker soit si cancanière ?

Webster posa sa canne.

— Vous avez fini de pêcher ?

— Oui ! (Webster montra le panier d'osier qui se trouvait à côté de lui.) Il y en a suffisamment, rassurez-vous ! Je suis venu très tôt ce matin...

Il ouvrit une bouteille isolante.

— Je vous offrirais bien du café si vous m'invitiez à vous rejoindre sur votre rocher, mademoiselle Malone...

— Venez donc ! Moi, je peux vous offrir une moitié de sandwich !

Il sauta de rocher en rocher pour aller jusqu'à elle.

Il s'allongea sur le rocher plat et regarda le ciel.

— C'est vraiment paradisiaque ici, ne trouvez-vous pas ? J'aimerais pouvoir passer tous les étés ici, et cela jusqu'à la fin de ma vie...

Katherine le comprenait parfaitement.

— Rien ne vous en empêche, me semble-t-il, Web ! Comme la maison est à votre sœur, vous pouvez venir quand vous le voulez...

Webster ferma les yeux, les rouvrit, regarda Katherine.

— J'ai pensé à acheter *Way's End*, Katie... Qu'en pensez-vous ?

— Je pense que vous avez eu une idée excellente ! Vous pourriez continuer de diriger des séminaires. Vous pourriez aussi louer mon... l'étage à des étudiants.

Il la regarda du coin de l'œil, jeta un caillou dans l'eau.

— Je ne crois pas que je ferais cela, Katie... A deux on se suffit, vous savez.

Elle s'était méprise : il allait bien épouser Elena !

— N'êtes-vous pas d'accord avec moi, Katie ?

En entendant cette question, Katherine frémit.

Elle éprouva une violente colère : Elena au dîner ! Elena au petit déjeuner ! Non, vraiment, c'était plus qu'elle n'en pouvait supporter !

— Qu'avez-vous prévu pour votre cours de ce matin ?

— Katie, il y a tant de choses dont il faut que nous parlions et nous n'avons plus beaucoup de temps devant nous.

— Puis-je me permettre de vous suggérer d'ajouter quelques explications concernant les interrogatives ? Sinon...

— Katie ! (Katherine sursauta.) C'est de nous que je veux parler !

Elle le regarda.

— Peut-être suis-je présomptueux, mais je pense savoir quels sont vos sentiments...

Katherine se raidit. Mais, ne s'était-elle pas littéralement jetée à son cou ?

— Par contre, je ne suis pas sûr que vous sachiez quels sont les miens...

Il essayait avec tact de lui faire comprendre qu'il n'avait pas besoin d'elle !

Elle se leva brusquement et son pot à lait alla à l'eau ! Elle ne fit pas un geste pour le rattraper.

Elle prit ses chaussures, mit les pieds dans l'eau.

Elle s'en allait !

Webster la regardait, étonné.

Il mit un certain temps à réagir.

— Katie ! Qu'est-ce que vous faites ? Revenez !

Elle ne se retourna que quand elle fut sortie de l'eau.

— Ce que vous ressentez pour moi m'est bien égal ! cria-t-elle. Vous pouvez rester sur votre affreuse montagne ! Je n'y viendrai pas sachant que vous y êtes, soyez sans crainte !

— Katie ! Pour l'amour de Dieu, attendez !

Mais Katherine repartait à vive allure, la tête haute, ses cheveux blonds flottant au vent qui s'était levé.

Webster ramassa ses affaires précipitamment et s'élança.

Katherine était déjà loin !

CHAPITRE X

— Hé ! je suis sûre que tu sais qui nous a invitées à dîner ce soir, Katie ! Et il va cuisiner lui-même !

Buffy avait dit cela d'une voix aiguë.

Katherine la dévisagea, surprise. Webster n'avait donc pas renoncé ? Eh bien, elle ne se rendrait pas à l'invitation ! Elle ne dînerait pas en la compagnie de cet homme condescendant !

— Nous n'irons pas !

— Nous n'irons pas ? (La figure de Buffy s'était allongée.) Pourquoi ? Oh ! je crois savoir ! Je me doutais bien qu'il ne savait pas cuisiner ! Le menteur !

— Il cuisine sans doute très bien, mais je ne veux tout simplement pas y aller.

— Eh bien, moi, j'irai ! s'écria Buffy, l'air indignée. Et Jerry ira aussi !

— Vous êtes libres de faire ce qu'il vous plaît, Buffy ! Moi, j'apprécierai d'être seule pendant une heure ou deux !

Katherine rentra dans la chambre et claqua la porte derrière elle.

Buffy resta là un long moment, à regarder la porte.

Elle réagit enfin.

— Jerry va arriver, Katie ! lança-t-elle. Qu'est-ce que je vais lui dire ?

Elle n'obtint pas de réponse. Elle haussa les épaules et s'en alla.

Katherine, la tête dans l'oreiller, entendit arriver le vélomoteur de Jerry.

Bientôt s'éleva le rire strident de Buffy.

De nouveau le bruit du vélomoteur. Buffy et Jerry partaient.

Katherine s'assit.

Le matin elle s'était levée pleine de quiétude sinon de joie. Mais les choses avaient mal tourné. Il lui avait été extrêmement pénible de se trouver en la compagnie de Webster : il avait simulé l'indifférence et elle avait feint d'être très intéressée par les copies qu'elle lisait.

Elle poussa un profond soupir. Elle se rendait compte qu'elle avait réagi stupidement !

Il fallait qu'elle s'excusât auprès de lui ! S'il était épris d'Elena, elle ne pouvait lui en vouloir.

Elle se leva et alla à la fenêtre : de l'autre côté de la route, un cheval blanc avait rejoint le cheval marron et, côte à côte, ils broutaient paisiblement l'herbe le long de la clôture, en se poussant de temps à autre du museau.

Mais, comment s'excuser ?

Depuis quelque temps, les choses tournaient facilement « au vinaigre » entre eux.

Comment avait-elle pu croire un seul instant qu'il y avait une chance qu'il tînt à elle ?

Il était un homme mûr alors qu'elle n'était qu'une jeune femme stupide, elle devait bien le reconnaître.

Si elle continuait d'agir de façon aussi impulsive que ce matin, elle n'arriverait jamais à régler ses problèmes personnels !

Elle observa les deux chevaux qui trottaient joyeusement.

Elle pouvait au moins faire bonne figure, préparer une salade selon une de ses recettes et être aimable pendant ce dîner. Le lendemain, elle aurait peut-être l'occasion de s'excuser et l'atmosphère se détendrait... Et après...

Katherine soupira : après, elle devrait oublier ce qu'elle ressentait pour Web et affronter la réalité.

Elena et Web allaient se marier et vivre ici, du moins pendant l'été. Et quand ils seraient à Winslow, elle devrait bien le supporter !

Elle repensa à la lettre qu'elle avait reçue de sa mère le matin même et qu'elle avait mise dans sa poche. Elle la sortit et la relut avec plaisir. Un sourire éclaira son visage. Elle oublia ses préoccupations : sa mère l'invitait, la priait instamment de venir passer au moins une semaine à Key West avant la reprise des cours.

Pourquoi n'irait-elle pas ? Et si elle s'installait là-bas ? Elle rejeta cette idée. Elle acceptait que Web en préférât une autre, mais elle ne voulait pas fuir à cause de lui.

Le matin même, alors qu'elle marchait vers le torrent, elle avait brusquement pensé qu'elle pourrait demander à Web quels étaient les projets de sa sœur. Elle aurait pu rester là après que le séminaire serait fini ?

Elle soupira encore une fois : c'était maintenant hors de question bien sûr.

Elle alla à la coiffeuse et se peigna distraitement : elle avait besoin de laitue, de tomates, et de différents ingrédients... La marche lui ferait du bien. Et elle aurait peut-être même le temps de se baigner avant le dîner.

Katherine avançait péniblement. Le sac qu'elle tenait était lourd et la courroie de l'une de ses sandales lui avait blessé le talon. Elle devait avoir perdu la raison pour avoir acheté ce gros paquet de lessive alors qu'elle savait qu'il faudrait qu'elle le portât jusqu'à *Way's End* ! Et le lait n'allait-il tourner ?

Elle posa le sac, souffla quelques minutes.

Elle allait repartir quand elle entendit un bruit de voiture.

Plût au Ciel que ce fût...

Webster freina quand il la reconnut. Il s'arrêta à côté d'elle et se pencha pour ouvrir la portière.

— Je suppose que vous ne refuserez pas mon assistance ?

— Certainement pas ! C'est même avec un très grand plaisir que j'accepte !

Elle s'installa et il démarra.

— Web, je veux m'excuser pour ce qui s'est passé ce matin...

— Ne vous excusez pas, c'est sans importance.

— Si, je tiens à m'excuser ! Je me suis très mal comportée ! J'ai gâché cette matinée paisible et charmante au bord du torrent et ça a continué au bureau... J'ai un sale caractère, je suis une sale mioche... Je sais que c'est beaucoup vous demander, mais j'espère que vous me pardonnerez...

Webster la regarda.

— Seulement si vous acceptez mon invitation à dîner et si vous reconnaissez que cette montagne n'est pas affreuse !

— J'accepte et je reconnais, Web ! Mais, j'ai aussi une condition à poser...

— Laquelle ?

— Vous devez m'autoriser à préparer la salade.

Ils éclatèrent de rire et la voiture fit un écart.

— Mais, je vous en prie, faites donc ! Et maintenant que tout le travail d'approche pour un traité de paix a été fait, puis-je vous demander quelle était la cause de la bataille ?

— Une simple saute d'humeur, répondit Katherine en rougissant.

Il continua d'une voix égale :

— J'ai du mal à le croire ! Bien que vous peigniez un triste portrait de vous-même, vous êtes une femme charmante et vous n'êtes pas du tout... lunatique.

— Mon comportement est là, Web...

Katherine était écarlate, à présent.

— Vous avez du caractère, Katie ! Est-ce un défaut ? En tout cas, on s'y habitue au bout d'un certain temps...

Katherine regarda Webster. Ne se moquait-il pas ?

Webster paraissait très sérieux.

— Ce matin, je vous ai dit qu'il y avait un certain nombre de choses dont il fallait que nous parlions et qu'il ne nous restait plus beaucoup de temps. (Il jeta un coup d'œil prudent sur elle.) Dites-moi si je m'aventure sur un terrain miné...

— Il vaudrait peut-être mieux que nous laissions cela de côté pour l'instant, Web !

— Le faut-il vraiment ? Il y a tellement de choses que je voudrais savoir de ce qui vous concerne, Katie, et on dirait que ce n'est jamais le moment. Nous n'avons jamais le temps de parler ensemble.

— Et j'ai bien peur que ce ne soit encore le cas aujourd'hui, Web ! dit-elle avec soulagement.

Ils arrivaient et Buffy et Jerry étaient là.

— Après le dîner, alors ?

— C'est inutile, Web. Vous m'avez donné une grande chance en me permettant de travailler avec vous. L'expérience a été riche pour moi. Il y a eu quelques jours assez difficiles, certes, par ma faute, mais en définitive j'aurai vécu une période merveilleuse. Vous ne devez donc pas vous sentir obligé de me...

Buffy mit fin au tête-à-tête :

— Alors ? L'invitation tient ou non ? Si elle ne tient pas, nous...

— Elle tient ! lança Webster. Rendez-vous dans... il regarda sa montre — une heure et demie !

— Faudra-t-il porter une cravate ? demanda Jerry, qui se tenait au garde-à-vous à côté de son vélomoteur.

— Oh non ! dit Webster. Ce soir, c'est la fête ! Place à la joie ! Nous commencerons par de la sangria, beaucoup de musique !

— Nous vous laissons faire ! dit Buffy.

Elle entraîna Jerry.

— Vous serez aussi mon assistante en cuisine ! dit Webster à Katherine.

Katherine le regarda.

Le charme de cet homme continuait d'opérer sur elle !

— J'avais envie d'aller me baigner, mais comme nécessité fait loi...

Webster sortit le sac de la voiture...

— Hélas ! pas toujours, Katie.

Sur ces paroles énigmatiques pour Katherine, ils entrèrent dans *Way's End*.

Web fit griller le poisson sur la terrasse
même, et le servit juste au coucher du soleil,
accompagné de tranches de citron, de persil et
d'une sauce de sa façon. Katherine apporta la
salade qu'elle avait composée, et Buffy, dans un
élan de dernière minute, alla chercher les pommes de terre qui avaient été cuites au four.

La table avait été dressée sur la terrasse. Ils
mangèrent et burent — Jerry avait offert une
bouteille d'un vin excellent — avec plaisir, devi-
sant gaiement.

— Ouf ! lança Jerry quand ils en eurent terminé. Il y avait longtemps que je n'avais si bien
mangé !

Katherine avait mangé de fort bon appétit,
non seulement parce que tout était délicieux,
mais aussi parce qu'elle n'avait rien avalé
depuis le petit matin.

Elle exprima sa satisfaction et Buffy — qui
avait plus souvent regardé Jerry que le paysage
— en fit de même.

Web se leva en souriant.

— Que personne ne bouge ! J'aurai débarrassé tout ça en une minute.

— C'était une bonne idée d'utiliser ces
assiettes en carton ! fit remarquer Katherine.
Quand on a mangé, on n'a plus qu'à jeter !

— Moi, j'aimerais bien faire une balade à vélomoteur, dit Buffy.

Jerry se leva comme un diable.

— Allons-y ! s'écria-t-il. Sans doute se rendit-il compte qu'il s'était conduit de façon inconvenante, car il ajouta, à l'intention de Web et de Katherine : Nous le permettez-vous ?

— Allez-y ! répondit Web. Mais, attention aux virages !

— Ne vous inquiétez pas ! dit Jerry avec un large sourire. (Il fit un pas et se retourna brusquement.) Nous pourrions aller voir un film en ville ?

Il espérait évidemment que Web et Catherine le laisseraient seul avec Buffy...

Web et Katherine, à son grand soulagement, assurèrent qu'ils étaient trop fatigués.

Jerry et Buffy partirent dans un nuage de poussière.

La nuit tombait et Katherine jouissait du merveilleux spectacle.

Web vint s'asseoir à côté d'elle.

Ils furent silencieux un long moment, écoutant chanter les engoulevents.

Ce fut Katherine qui parla la première.

— Je vous ai laissé croire ce matin que je détestais cet endroit, Web... (Elle sourit piteusement.) En réalité, de tous les endroits que je connais, c'est celui que je préfère !

— Moi aussi, c'est l'endroit que je préfère, répondit Web en lui prenant la main.

Katherine se raidit.

Web soupira et lâcha sa main.

— Vous m'avez dit que vous aviez « accepté » la séparation de vos parents, Katie, et j'en suis heureux.

— Oui, je comprends mieux la situation maintenant. Bien entendu, je ne me réjouis pas de cette séparation, mais je suis capable de les considérer individuellement et non plus comme une unité...

— C'est très bien !

— J'ai aussi compris qu'en ne se séparant pas à cause de moi, ils ont l'un et l'autre perdu de leur personnalité. Cela, je le regrette.

— Ils ont évolué séparément, donc ?

— Oui, je le sais à présent. Certains qui forment un couple ont des centres d'intérêt totalement différents, mais ils ont aussi des choses en commun. Ce n'était pas le cas de mes parents... Pendant bien des années et des années, j'ai été le seul lien entre eux !

Katherine avait dit cela sans amertume.

Web fit un geste pour lui reprendre la main, mais, se souvenant sans doute de sa réaction, il n'alla pas jusqu'au bout.

Ils étaient dans la pénombre à présent.

Il y eut de nouveau un moment de silence. Chacun regardait devant soi.

— C'est comme si j'étais sortie de ma chrysalide, Web ! Comme si j'avais vécu avec une vision extrêmement étroite du monde et que je m'étais aperçue que le monde était très vaste ! J'ai l'impression d'être passée de l'adolescence à l'âge adulte...

Cette fois il lui prit la main et elle ne se raidit pas.

Elle sourit.

— C'est parce que je suis venue ici...

— Quels changements cela a-t-il produits en vous ?

— D'abord, je suis plus courageuse, Web ! Ainsi la nuit où Jerry a eu son accident, j'ai pu faire face seule à la situation... J'en ai été surprise, vous savez ! Mais, tout cela doit être pour vous sans grand intérêt !

— Pas du tout ! Moi aussi, je suis passé de l'adolescence à l'âge adulte ! Parfois, les gens ne sont pas assez sages pour saisir les occasions qui s'offrent à eux de « grandir »...

— Je ne comprends pas.

Web s'appuya au dossier de son siège et serra la main de sa compagne.

— Vous ne comprenez pas, Katie ? N'avez-vous pas saisi l'occasion qui vous était offerte de venir ici ?

Katherine sourit.

— C'est Buffy qui me l'a fait saisir...

— Qu'importe ? Vous preniez des risques, Katie ! Vous vous proposiez de faire un travail que vous n'aviez jamais fait.

— C'est vous qui preniez des risques en m'emmenant, Web.

Web secoua la tête.

— Non ! Je vous connaissais — je veux parler de vos capacités — alors que vous doutiez de vous. Je voyais les choses objectivement, ce que vous ne pouviez faire !

Il avait raison. Elle avait été tout aussi surprise par son efficacité dans son travail que par sa détermination quand Jerry s'était présenté à *Way's End*, blessé.

— On peut dire que c'est à cet instant que vous avez commencé à sortir de votre chrysalide, Katie ! Quelqu'un d'autre que vous n'aurait peut-être pas osé franchir le pas ! Vous êtes libérée à présent...

— Pas tout à fait. Je ne suis pas encore un papillon, Web ! (Le rire de Katherine résonna, mais elle redevint aussitôt sérieuse.) Il m'est arrivé quelque chose, la première nuit que j'ai passée ici, qui constitue l'une de mes plus belles expériences !

— Racontez-moi, Katie !

Il y eut un moment de silence : Katherine rassemblait ses souvenirs.

— Je n'arrivais pas à dormir. Je me suis mise à la fenêtre. Il y avait un clair de lune aussi magnifique que celui de ce soir... Et tout à coup, je me suis vue, et j'ai considéré mes problèmes avec l'éloignement dont vous avez parlé. Pour la première fois j'ai vu les choses dans leur vraie dimension : j'ai compris combien j'étais petite et insignifiante, mais aussi combien j'étais merveilleuse. (Katherine regarda son compagnon.) Vous me trouvez présomptueuse, n'est-ce pas ?

— Pas du tout, Katie !

— Ce n'était pas de la présomption, je vous l'assure ! Simplement, j'ai pris conscience de ce que chaque être humain était complexe... Jusque-là j'avais cru que le bonheur était le but de la vie...

— Quel est donc le but suprême de la vie, Katie ? Beaucoup s'interrogent, et cela depuis de nombreux siècles...

— Je suppose que chacun doit trouver le sien. Pour ce qui me concerne, je pense que je dois « m'assumer ». Chacun est au centre d'un monde... Cette nuit-là j'ai vu un renard... Enfin, je ne suis pas sûre qu'il s'agissait d'un renard... Il se déplaçait le long du torrent, apparaissant et disparaissant... Il était au centre de son prope monde, dont je ne savais absolument rien. Et pourtant, il faisait partie de mon monde et je faisais partie du sien sans qu'il le sût. Alors je me suis dit que chacun avait une potentialité mais qu'il devrait découvrir en quoi elle consistait... Tout cela est bien compliqué, n'est-ce pas ? Donc, je dois « m'assumer »...

— Mais, cela n'est pas inconciliable avec le bonheur, Katie !

— Peut-être ! Mais, le bonheur ne saurait être une fin en soi. Par ailleurs, le véritable bon-

heur est la béatitude. Peut-on seulement y at-
teindre ? Beaucoup courent après, mais il leur
échappera toujours !

— Comme le vif-argent, dit pensivement
Web.

— Exactement !

Katherine s'appuya au dossier de son fauteuil en soupirant et dégagea sa main de la
sienne.

Elle était redescendue sur terre.

— Vous m'avez invitée à dîner, Web, et je
vous assene une leçon de mauvaise philosophie.
Je vous empêche peut-être de... (Elle se mordit la
langue : elle avait été sur le point de dire : « de
rejoindre Elena ».) Peut-être avez-vous à faire
quelque chose de plus important que de m'écouter ?

— Mais, pas du tout !

— Je vous remercie d'avoir eu une oreille
complaisante... Bonne nuit, Web !

Katherine s'était déshabillée sans avoir
allumé. Elle entendit démarrer la Mercedes.

Elle avait donc eu raison ! Web l'avait écoutée, certes, mais il avait attendu avec impatience
le moment où il pourrait rejoindre Elena.

Comment avait-il pu dissimuler ainsi ?

Elle resta à la fenêtre, le cœur serré.

Elle avait assuré que le bonheur ne saurait
être une fin en soi... Avait-elle eu raison ?

Elle demeura là très longtemps, continuant de philosopher.

Quand elle entendit le bruit du vélomoteur de Jerry, elle se précipita.

Lorsque Buffy arriva, elle feignit d'être plongée dans un sommeil profond. Mille questions l'assaillaient cependant.

La Mercedes revint enfin. Katherine ouvrit prudemment l'œil. Il était 2 heures...

Katherine dormit peu cette nuit-là. Et quand elle dormit ce fut d'un sommeil agité.

CHAPITRE XI

Ce jour-là, Katherine regarda la couverture bleue et brique du livre qui se trouvait en face d'elle — *Transformational Grammar and the Teacher of English* — et dit :

— Est-ce que vous avez besoin de la voiture cet après-midi, Web ?

Web posa le livre et elle vit enfin son visage. Pour la énième fois elle remarqua qu'il était fatigué. Il avait beaucoup travaillé et, exagérément consciencieux, il avait essayé de « pousser » ceux qui manifestaient une certaine réticence à étudier.

Deux semaines plus tard tout serait terminé. Alors il se reposerait.

Pendant son voyage de noces ?

Le cœur de Katherine se serra : elle était persuadée, et ce en faisant abstraction de ses propres sentiments vis-à-vis de Web, qu'Elena n'était pas la femme qu'il lui fallait.

Il ne trouverait aucune paix auprès de cette

belle femme rousse qui l'avait sans cesse pour-
suivi de ses assiduités.

Chaque fois qu'elle la croisait, où que ce fût,
son sourire de convenance la mettait mal à
l'aise.

Quelle serait la vie de Web quand il serait
marié ?

Elle avait appris à le connaître pendant ces
semaines de collaboration et de cohabitation.
Elle savait qu'il avait besoin de longues périodes
de calme afin de pouvoir réfléchir et ordonner
ses pensées. Et c'était justement à cause de cela
qu'il était un si bon professeur. Il aimait à faire
de longues marches à travers la campagne. Il
aimait à lire, à écouter de la musique douce.
Mais quand Elena était là, on n'entendait que
des airs sans grand intérêt pour lui. Parfois elle
chantait ! Mais elle avait une voix de crécelle...

Katherine sursauta : Web était penché
au-dessus d'elle, souriant.

— Qu'y a-t-il, Web ?

— Vous m'avez posé une question il y a un
certain temps, peut-être ne vous en souvenez-
vous pas... Non, je n'ai pas besoin de la voiture
cet après-midi. Où étiez-vous ? à Tom-
bouctou [*] ?

— J'étais dans la lune, dit-elle en souriant,
l'air penaud. J'y suis souvent...

---

[*] Ville du Mali qui fut fondée par les Touareg.

— Ce ne devait pas être très agréable, à en juger par votre expression ?

— Cela ne l'était pas, en effet... Je voudrais aller au village pour y acheter quelque chose pour ma mère. C'est bientôt son anniversaire...

— Prenez-la donc, Katie ! J'ai de la lecture pour des heures...

Katherine ramassa un paquet de copies qu'elle avait l'intention de corriger dans la soirée.

— Si vous êtes sûr que...

— Je viens de vous le dire, Katie ! Buffy ira-t-elle avec vous ?

Katherine éclata de rire.

— Vous plaisantez ! Chaque instant de la vie d'Amy Buffington est consacré à Jerry Smathers. Vous ne l'aviez pas remarqué ?

— Etant donné que l'heureux homme est propriétaire d'un vélomoteur... Ils forment un beau couple, vous ne trouvez pas ?

— Oui, ils s'entendent très bien et cela ne m'étonnerait pas que Miriam Parker se remette à jacasser. Tout le monde a certainement remarqué que Buffy passait vraiment très peu de temps chez nous !

— J'apprécie de vous entendre dire cela, Katie.

Katherine dévisagea Web, étonnée.

— Chez nous...

— Oh !

Katherine détourna le regard, embarrassée comme chaque fois qu'il faisait allusion à la maison dont il allait devenir le propriétaire. Ce qui voulait dire, bien sûr, qu'il allait l'habiter avec Elena. Ne s'était-il pas aperçu de cela ? Pourtant, il continuait de parler de *Way's End*, manquant singulièrement de délicatesse.

— Je vais y aller ! Voulez-vous que je vous rapporte quelque chose, Web ?

— Non, merci... Katie, si vous êtes seule ce soir, nous pourrions dîner ensemble ?

Katherine ne répondit pas immédiatement, tant elle était surprise.

— Vous ne serez pas occupé ?

— Non.

Katherine eut l'impression de boire un vin léger...

— Eh bien, d'accord ! dit-elle en essayant de ne pas laisser voir son excitation. Je vais acheter des steaks et nous pourrons les faire griller...

— Je préparerai le feu dès que je serai rentré, Katie...

— C'est parfait. (Sur le point de s'en aller, Katherine hésita un instant.) Et que diriez-vous de quelques gâteaux venus de la boulangerie de la rue Sutpen ?

— Et peut-être qu'une bouteille de sherry...

— D'accord, Web ! A tout à l'heure !

Katherine avait envie de gambader dans le vestibule. Elle avait été contente d'avoir regagné une certaine tranquillité — à cause des attentions que Buffy prodiguait à Jerry —, mais certaines soirées lui avaient paru bien longues. Elle allait souvent s'asseoir au bord du torrent, le soir, et les cris des engoulevents augmentaient sa sensation d'isolement, tandis que le reflet de la lune sur l'eau lui rappelait la théorie qu'elle avait développée devant Web.

Katherine n'avait aucune idée de la raison pour laquelle Web avait renoncé à la compagnie d'Elena. Mais qu'importait cela ! Elle dînerait donc avec Web, bavarderait avec lui. Ce soir, elle n'aurait pas à tenir de longs monologues à la lune !

Elle monta à l'étage pour refaire son maquillage et changer de robe. Elle en mit une de cotonnade vert foncé.

Elle sortit la Mercedes du garage et descendit tranquillement la route en lacet.

En passant devant chez *Tucker's*, elle aperçut Josepha Tucker qui était en train de tailler un arbuste, à côté de l'entrée. Celle-ci leva son sécateur pour la saluer.

Katherine soupira. Que cela allait être difficile de quitter cet endroit si agréable et ces gens si gentils ! Ah ! comme elle aimerait vivre ici en permanence.

Elle soupira de nouveau en se demandant si elle aurait le courage de revenir un jour. Elle risquerait de rencontrer M. et Mme Robinson...

Elle s'efforça de penser à autre chose.

Quel cadeau allait-elle faire à sa mère ? De la lingerie ? Elle écarta cette idée en se souvenant de la quantité de lingerie que sa mère avait.

Un bijou ? Sa mère avait bien plus de bijoux qu'elle n'en pourrait jamais porter.

Elle fut attirée par la devanture d'une papeterie. Du papier à lettres gravé, n'était-ce pas une bonne idée ?

Elle gara la voiture à l'ombre, près du parc, et traversa la rue ensommeillée.

La circulation avait beaucoup diminué. L'été touchait à sa fin et bientôt ce serait au tour des « chasseurs de feuilles » d'arriver par vagues pour se repaître du spectacle du feuillage automnal qui recouvrirait les collines dans une orgie de couleurs chatoyantes.

Elle poussa la porte de la papeterie et la clochette tinta.

L'enseigne ne le mentionnait pas, mais l'endroit était aussi librairie.

Le propriétaire était occupé avec une cliente, tout au fond de la boutique, et Katherine en fut heureuse, car cela lui permettrait d'examiner les livres : elle en trouverait peut-être susceptibles de plaire à Web. Ainsi elle lui témoignerait sa reconnaissance !

Elle erra entre les rayons, s'arrêtant de temps à autre pour tirer un livre.

Elle soupira de plaisir. Elle aimait lire mais aussi fureter dans les librairies et dans les bibliothèques. Elle examina un recueil de poèmes

d'Emily Dickinson [*]. Elle aurait pu rester longtemps là, mais elle fixa son choix.

Elle jeta un coup d'œil : le propriétaire était
toujours occupé avec sa cliente.

Elle sursauta. N'était-ce pas Elena ? C'était
bien elle.

Katherine tendit l'oreille instinctivement.

Elena était en train de commander des cartes
de mariage !

Katherine resta immobile, la tête lui tournait.

Elle devait se rendre à l'évidence.

La voix moelleuse d'Elena s'éleva de nouveau :

— Attendez quelques jours pour les invitations, je ne suis pas encore vraiment décidée.
Pour les faire-part, vous pouvez y aller !

Elle parlait sur un tel ton de suffisance que
Katherine eut envie de s'enfuir. Bien entendu,
elle ne pouvait le faire.

— Pouvez-vous épeler le nom, mademoiselle
Mac William ? Pour plus de sûreté...

Katherine se dit que Webster Robinson était
un nom facile.

— H-e-l-m-u-t et, plus loin, G-u-n-t-h-e-r. Gunther, avec un h.

Les livres tourbillonnnaient devant les yeux
de Katherine...

(*) L'œuvre d'Emily Dickinson (1830-1886) ne fut publiée
qu'après la mort de celle-ci.

— C'est noté, mademoiselle Mac William !

— Pour les invitations, je vous téléphonerai !

Katherine s'était secouée. Elle s'était dissimulée derrière un présentoir, de sorte qu'Elena ne la vit pas en partant.

La clochette de la porte tinta.

Le commerçant s'approcha enfin de Katherine, en se frottant les mains.

— Puis-je vous aider, mademoiselle ?

Elle se força à sourire.

— Oui, monsieur. Je voudrais une boîte de papier à lettres gravé, s'il vous plaît.

— Venez par ici, s'il vous plaît. Je vous demande de m'excuser de vous avoir tant fait attendre !

Katherine examina d'un œil distrait les différentes sortes de papier à lettres que lui présentait le commerçant. Elle en choisit un sans trop savoir pourquoi. Il était couleur crème, avec une bordure « coquille d'œuf ».

Pendant que le commerçant enregistrait sa commande, elle aperçut la feuille qu'avait laissée Elena et sur laquelle étaient consignées un certain nombre de choses...

La réception aurait lieu à la fin de septembre dans le jardin de la sœur de Web. Quelle désinvolture ! Elle abandonnait le propre frère de Helen et elle recevrait à l'occasion de son mariage à *Way's End* !

Katherine fut prise de colère et pria le Ciel qu'il y eût une tempête de neige ce jour-là.

Elle promit de venir prendre son papier à la fin de la semaine et régla le prix du livre qu'elle allait offrir à Web.

Continuant d'enrager, elle entra dans une boutique et se fit servir une épaisse tranche de viande.

Il n'était pas étonnant que Web fût si préoccupé, si fatigué... Elena s'était comportée de façon si méprisable ! Mais elle, elle allait le revigorer !

Elle acheta encore une bouteille de sherry, plusieurs sortes de fromage, une tarte.

Au moins le dîner serait consistant !

Elle ne prit conscience de cette évidence que quand elle fut sur le chemin du retour, et même tout près de *Way's End* : Web était libre à présent !

CHAPITRE XII

A peine Buffy s'en était-elle allée, toute joyeuse — elle devait participer à un rassemblement d'étudiants en la compagnie de Jerry —, Katherine se mit sous la douche. Elle se vêtit avec le plus grand soin : elle mit une jupe bleue et un corsage orné de minuscules fleurs des champs.

Elle entendait Web qui sifflotait sur la terrasse.

Elle alla à la fenêtre du salon et le regarda : il s'activait, insouciant. Il ne savait donc pas encore qu'Elena Mac William avait été perfide ! S'il avait les traits tirés, c'était simplement à cause du surmenage. Comment réagirait-il quand il apprendrait ? Sans doute la nouvelle le plongerait-elle dans l'abattement !

Katherine s'écarta de la fenêtre. Elle s'assit pour pouvoir mieux réfléchir à la situation.

Devait-elle l'informer elle-même de la trahison d'Elena ? Et si oui, comment s'y prendre ?

Elle caressa un coussin jaune, l'esprit absent, et une idée germa lentement dans son esprit.

Depuis qu'elle avait réalisé, en revenant ici, que Web était maintenant libre de faire d'autres plans, elle avait désespérément essayé de repousser l'idée qu'elle pourrait être incluse dans ces plans...

Qu'arriverait-il si elle pouvait ranimer l'intérêt qu'il lui avait porté ? Son pouls s'accéléra.

La nuit où elle était allée à lui et où leur étreinte avait cessé à cause de l'intervention de Miriam Parker, il lui avait dit... Se souvenait-elle bien ? Lui avait-il vraiment dit qu'il était heureux qu'elle fût venue à lui ?

Puis ils s'étaient disputés.

Mais ce qui comptait, c'est qu'il l'avait embrassée comme un homme amoureux. S'il revenait à elle avant qu'il ne fût informé de la défection d'Elena, le coup serait peut-être moins dur ? Et peut-être qu'avec le temps...

Katherine fut prise d'un immense espoir : le beau temps ne succédait-il pas nécessairement à la pluie ?

— Katie ! cria Web depuis la terrasse.

— Je suis là ! répondit-elle en allant à la fenêtre.

Il lui sourit quand il la vit.

— Pourriez-vous apporter du sel ? Des glaçons aussi ! Je n'en ai plus !

— D'accord ! Je serai là dans un instant, Web !

— Dépêchez-vous, je meurs de faim !

Katherine flageolait : n'allait-elle pas se rendre une fois de plus ridicule ? Il avait été si dur le soir où elle l'avait embrassé ! Il avait cru qu'elle jouait...

Elle s'assit sur le lit. Quelle autre solution avait-elle ? Elle l'aimait. Son cœur battait très fort.

Elle se leva, se regarda une dernière fois dans le miroir.

Elle alla à la cuisine, prit la salière, des glaçons.

« *Alea jacta est* », murmura-t-elle en ouvrant la porte qui donnait sur l'escalier...

Dans la cuisine du rez-de-chaussée, une délicieuse odeur de haricots se répandait.

Web avait posé sur un plateau d'argent la bouteille de sherry que Katherine avait rapportée et des verres.

Katherine sortit un plateau du placard, en bois celui-là, et mit dessus couverts et serviettes.

Web entra. Il portait un long tablier blanc de cuisinier sur son pantalon rayé gris et une chemise jaune que Katherine aimait beaucoup. Il s'arrêta, la regarda attentivement.

— Vous ressemblez à une fleur, Katie ! Une fort jolie fleur...

Katherine rougit. Ce n'était pas la première fois que sa courtoisie la déroutait. Il était amoureux d'Elena, elle en était persuadée. Et pourtant... Et pourtant il n'était pas insensible à son charme ! Elle pourrait jouer de cela ce soir...

— Qu'avez-vous donc, Katie ? Vous êtes telle une statue...

Katherine sursauta.

— Je ne m'attendais pas à un tel compliment, Web !

Elle virevolta sur la pointe des pieds.

— Je suis contente que cette jupe vous plaise, Web.

— Elle me plaît beaucoup, dit-il en s'approchant.

— Et le chemisier ? demanda Katie, soudainement timide, en le tripotant nerveusement.

— Il me plaît aussi, répondit-il, tout près d'elle. Katie, que se passe-t-il ?

— Qu'est-ce que vous voulez dire ?

— Vous êtes mal à l'aise. Pourquoi cela ?

— Les compliments me déroutent toujours, Web. (Katherine essaya de rire.) Si nous buvions un verre de sherry ?

Elle tourna le dos à Web.

Celui-ci ne réagit pas immédiatement.

Il prit enfin la bouteille. Le vin tomba en glougloutant dans les verres.

Web tendit son verre à Katherine, prit le sien et le leva avec une certaine solennité.

Katherine avait le cœur serré : l'instant d'avant il était si gai.

Elle leva son verre en souriant tristement.

— A votre santé, Web !

Ils burent.

Web posa son verre sur le plateau. Puis, il prit Katherine par le menton et la força à le regarder. Katherine resta immobile, mais sa respiration faisait que son chemisier à fleurs se soulevait légèrement...

— Katie, les choses auraient pu être bien différentes. Qu'est-ce qui n'a pas « marché » entre nous deux ?

— Vous étiez amoureux, répondit-elle d'une toute petite voix, le cœur battant la chamade.

— Et je n'aurais pas dû ? C'est bien cela que vous voulez dire ?

Katherine avala péniblement sa salive. Serait-il opportun de révéler immédiatement la perfidie d'Elena ?

— Parfois, cela ne « marche » pas, Web. Même quand l'un est passionnément épris de l'autre...

Web eut un sourire triste.

— Eh bien, vous avez fait tout ce qu'il fallait pour que cela ne « marche » pas, Katie...

Katherine se raidit.

— Si je n'estime pas Elena, je n'y peux rien...

Web soupira et s'éloigna.

— Oublions tout cela, Katie ! Quelle que soit la chose dont nous discutons, nous finissons toujours par nous disputer !

— Ce soir cela ne doit pas être ! s'écria

Katherine. Ce soir, Web, nous n'allons pas nous disputer... D'accord ?

Il la regarda un moment sans rien dire.

Puis il retira la casserole de haricots du feu et la posa sur la table.

— Si vous voulez bien vous occuper du reste, Katie, je vais aller voir où en sont les steaks...

Web prit cependant les couverts au passage.

Katherine resta là, furieuse contre elle-même.

Elle réagit enfin : elle se saisit de la casserole et rejoignit Web.

Celui-ci était en train de retirer les steaks du barbecue.

Le soleil couchant embrasait le ciel parsemé de nuages.

— Vous avez bien choisi cette viande ! dit Web, apparemment décidé à revenir à une humeur joyeuse.

Il avança un siège et Katherine s'assit.

— Depuis que nous sommes là, Katie, je n'ai pas été mis en présence d'un morceau de viande si appétissant.

Katherine sourit.

Web servit, puis il s'installa.

— Dites-moi, qu'avez-vous trouvé pour votre mère ?

Katherine indiqua sur quoi son choix avait porté.

Web s'appuya au dossier, avala une gorgée de vin.

— C'est un très bon choix ! Il y a là-bas un certain nombre de livres, l'avez vous remarqué ?

— Bien sûr ! En fait, j'ai passé un long moment à les examiner !

— Je connais le propriétaire ; il n'aime pas ça !

— Il s'occupait d'une cliente...

Le cœur de Katherine battit très fort.

Ils mangèrent en silence.

Quand Web leva les yeux sur elle, embarrassée, Katherine lança :

— Le coucher de soleil est magnifique !

— Oui. Je regrette parfois de ne pas être peintre plutôt que... fouilleur de mots !

— Fouilleur de mots ? Mais, vous êtes un excellent professeur !

Katherine était soulagée qu'il n'eût pas reparlé de la papeterie.

— Je ne quêtais pas un compliment en disant cela, Katie.

Web rit franchement.

— Je suis objective, Web : vous êtes un excellent professeur. J'ai d'ailleurs beaucoup appris depuis que je suis là sans même l'avoir voulu...

— J'aimerais qu'il en fût de même pour un certain nombre d'étudiants ! Prenez Jerry Smathers, par exemple. Il est ici en vacances...

— Il est bien trop occupé avec Buffy, dit Katherine en souriant. Je suppose que nous lui avons rendu un très mauvais service en faisant venir Buffy ici.

— Cela nous a rendu service : la présence de Buffy à *Way's End* a réduit Miriam Parker au silence.

— Je me le demande...

— C'est ce que pense Elena, en tout cas.

— Elena ?

Katherine avait sursauté.

— Oui. Elles sont plus ou moins amies.

— Mais elle ne ferait pas de ragots sur nous devant Elena ?

— Et pourquoi cela ?

— Eh bien, après tout...

Web la regarda, intrigué.

— Oh ! vous voulez dire qu'elle ne le ferait pas parce que Elena et moi sortions ensemble autrefois ?

— C'est cela même.

— Eh bien, Miriam Parker a compris !

Web haussa les épaules.

— Compris quoi ? demanda Katherine, les sourcils froncés. Il me semble qu'il manque quelque chose.

— Oh ! excusez-moi !

Web alla au barbecue et en revint avec la casserole de haricots.

Katherine sourit de la confusion.

— Ce n'est pas ce à quoi je pensais, Web...

— De toute façon, je voulais parler d'autre chose.

Il servit Katherine, se servit.

— Si cela ne doit pas provoquer une dispute, Katie...

Katherine soupira.

Et maintenant ?

Rien ce soir ne s'était passé comme elle l'avait souhaité. Elle n'avait pas réussi à attirer Web, et voilà qu'il était sur le point de parler de quelque chose de délicat...

— Ça ne peut pas attendre jusqu'après le dessert ?

— Oui, s'il s'agit de cette tarte qui se trouve dans une boîte blanche sur la table de la cuisine !

— Vous avez regardé ! Je voulais vous faire une surprise !

— Ça en a été une, croyez-moi !

— Je n'aurais pas dû la laisser en bas avec la viande et le vin.

— Vous n'auriez pas dû, en effet ! répliqua gaiement Web. Et savez-vous pourquoi ? Quand vous la sortirez, vous verrez qu'il en manque un morceau. Oh ! un tout petit morceau !

— Vous n'avez pas fait ça ?

— J'ai osé commettre ce crime...

Katherine débarrassa la table, amusée et fâchée à la fois.

Elle revint avec la tarte.

Elle allait en découper un morceau.

— J'en mérite certainement une plus grosse part ! lança Web.

Elle sourit, déplaça le couteau. Elle fut fort généreuse.

Ils finirent leur repas dans un silence quasi religieux, puis ils allèrent à la cuisine et firent la vaisselle.

Quand tout fut en ordre, ils revinrent sur la terrasse.

Ils s'absorbèrent l'un et l'autre dans leurs pensées.

Ce fut Web qui rompit le silence.

— Cela fait quelque temps que je vous dois des excuses, Katie ! Je voulais vous les présenter, mais je ne savais comment m'y prendre. Dans la cuisine, juste avant le dîner, je me suis rendu compte que j'esquivais toujours les discussions avec vous. J'ai laissé trop de temps s'écouler ; il faut que nous parlions.

— Je ne vois pas pourquoi vous me devriez des excuses, dit Katherine en s'agitant.

— Réfléchissez un peu, et vous verrez !

Web avait parlé d'une voix calme.

— Eh bien, je crois que je sais, Web ! Mais, cela n'a plus grande importance... Je vous propose d'aller jusqu'au torrent ! Peut-être saurons-nous quel est l'oiseau qui fait ce bruit rauque. C'est peut-être un martin-pêcheur ?...

Katherine se leva.

— Katie, c'est déjà assez difficile comme ça ! Si vous menacez de vous envoler comme une libellule...

— Je suis désolée, Web...

— Vous pensiez bien à ce fameux soir où Miriam Parker nous a surpris dans la cuisine, Katie ?

Katherine se rassit.

— Oui.

— Et vous êtes de mon avis : je vous dois bien des excuses.

— Le fait est que vous avez été assez dur, Web...

— Et je vous ai blessée.

Katherine rougit.

— Je vous ai trouvé injuste, Web...

— Et peut-être un peu insensible ?

Là, Katherine ne répondit pas.

— La vérité, Katie, c'est que j'ai très mal agi !

— Je vous pardonne. Oublions tout cela.

— Ce n'est pas tout, Katie...

Web prit la main de Katherine.

Elle essaya de la retirer, mais il la tenait fermement.

— Cette nuit-là, il m'a semblé que vous étiez jalouse, que vous manquiez de sincérité, que vous étiez fausse, intrigante...

Web parut réfléchir à ce qu'il devait ajouter.

Katherine, elle, retenait son souffle.

— Cela ne vous ressemblait pas du tout, Katie ! Je n'arrivais pas à comprendre ! continua-t-il et il semblait assez content de lui.

Katherine dégagea brusquement sa main, se leva.

— Et alors ? Vous pouvez peut-être comprendre ceci : pour moi, vous n'êtes qu'un homme à l'esprit étroit, rempli de sa propre importance et détestable. C'était ma première opinion et je ne vois aucune raison d'en changer !

Pourquoi réagissait-elle de façon si impulsive ?

— Vous avez peut-être raison ! dit Web. (Il se leva à son tour.) Mais, vous devez m'écouter !

— J'en ai assez entendu comme cela !

— Je ne me suis même pas excusé !

— Je peux me passer de vos excuses !

Il la prit par les épaules et lui dit, d'une voix forte et en détachant bien ses mots :

— Je m'excuse, Katie, parce que je n'ai pas compris la signification de votre baiser ce soir-là.

— Ah ! vraiment ? s'écria Katherine, le regard brillant.

— J'ai cru que vous aviez seulement voulu rendre Elena furieuse. Et cela m'a pris pas mal de temps pour comprendre que même si c'était le cas — et je crois que ce n'était pas le cas —, vous n'auriez pas pensé à vous conduire ainsi si vous n'aviez pas tenu à moi.

— Et vous êtes désolé pour moi...

— Désolé ? (Web avait l'air extrêmement surpris.) Mais, pas du tout !

— Je vais vous dire quelque chose, Webster Robinson : vous pouvez garder votre pitié pour vous ! Votre petit monde s'est brisé et vous ne vous en êtes même pas rendu compte. J'espère que vous aurez mal quand vous saurez ! J'espère que vous aurez très mal ! !

Une fois de plus les choses avaient mal tourné !

Katherine partit en courant.

Quand elle fut « chez elle », elle éclata en sanglots.

Elle n'allait s'endormir que très tard, mais avant que Buffy ne fût de retour, heureusement.

CHAPITRE XIII

La semaine qui suivit ce tête-à-tête qui avait commencé sous de riants auspices et s'était terminé lamentablement fut la plus longue et aussi la plus triste que Katherine eût vécue. L'activité au campus avait singulièrement diminué. La plupart des conversations avaient maintenant pour sujet le meilleur moyen de retourner chez soi.

Web était complètement pris par les entretiens individuels qu'il avait avec les étudiants et il n'était pratiquement jamais dans son bureau.

Buffy et Jerry étaient toujours ensemble et Katherine, malgré son goût pour la solitude, avait beaucoup trop de temps libre.

Ce mercredi-là, deux jours avant la fin des cours, elle s'installa à l'heure du déjeuner près d'une fenêtre de la cafétéria et contempla le campus : l'automne approchait, chaque arbre et chaque parterre de fleurs le montraient.

Pour elle, l'été s'était terminé le soir où Web avait voulu s'excuser.

Elle eut la gorge serrée. Pourquoi fallait-il — quand les choses commençaient si bien — qu'ils finissent par s'affronter ? Une seule fois ils ne l'avaient pas fait : Buffy et Jerry étaient partis à vélomoteur et elle avait raconté à Web ce qu'elle avait pensé en regardant un renard — ou ce qu'elle avait cru être un renard — se déplacer dans le clair de lune.

Ce soir-là, il y avait eu une entente, une paix et une sérénité entre eux !

Katherine se rappelait souvent cette soirée, par exemple quand elle était couchée et tentait de trouver le sommeil.

Si elle était restée un peu plus avec lui cette nuit-là, le sentiment d'intimité qui était né entre eux se serait peut-être renforcé au point de...

Elle se mit à manger distraitement sa salade.

Les relations entre eux étaient maintenant tendues en permanence.

Le matin qui avait suivi la « sortie » de Katherine, Web avait fait de timides avances pour renouer le fil. Mais elle l'avait rabroué. Depuis lors, il avait été poli, mais distant.

Pendant plusieurs jours il n'était pas sorti le soir et Katherine, assise dans son appartement, l'avait entendu aller et venir.

Plusieurs fois elle avait été sur le point de descendre.

Comme elle aurait voulu avoir le courage de lui crier la vérité !

Le surlendemain tout serait fini !

Webster Robinson s'en irait de son côté et elle du sien...

Elle poussa un gros soupir.

— Puis-je m'asseoir à votre table ?

Pendant un instant, peut-être parce qu'elle ne pensait qu'à lui, Katherine s'attendit à voir Web, mais quand elle leva la tête elle rencontra le regard doux de Keith Parker.

Il hésita en voyant qu'elle était désappointée.

— A moins que vous n'attendiez quelqu'un ?

— Je n'attends personne, professeur ! Asseyez-vous, je vous en prie. J'apprécie votre compagnie.

— Vous êtes sûre que je ne vous dérange pas ?

— Tout à fait sûre !

En fait, elle était satisfaite qu'il fût là. Ils bavarderaient et ses pensées mélancoliques s'éloigneraient.

Il commanda un verre de thé glacé, une salade et une tranche de pâté aux pommes.

— C'est une bonne chose que les cours soient finis ! dit-il avec un petit sourire. Il y a de moins en moins à manger ! A chaque repas cela diminue et d'ici vendredi nous aurons juste assez à manger pour que nous ayons la force de descendre la montagne !

Katherine sourit. Elle appréciait cet homme aux manières douces qui avait une colporteuse de ragots pour épouse.

— Quels sont vos projets, mademoiselle

Malone ? Vous avez fait de l'excellent travail ici...

Katherine rougit sous le compliment. Elle avait fait du bon travail, elle le savait, mais de se l'entendre dire...

— Je prendrai l'avion samedi prochain pour Key West. Je vais rendre visite à ma mère qui vit là-bas.

— Ah oui ! Key West ! C'est un endroit charmant. Je crois que Hemingway a habité Key West à un moment...

— Je crois bien. Mais ce sera la première fois que j'irai là-bas. Je ne connais pas l'endroit.

— Cela ne fait pas longtemps que votre mère y habite, alors ? demanda Keith Parker en dévisageant Katherine.

— Elle y habite depuis le printemps seulement.

— Je vois. Vous retournerez à Winslow pour le prochain trimestre ?

Katherine fixa son assiette, concentrant son attention sur la grosse cerise rouge qui se trouvait au faîte de sa salade de fruits.

— Non, j'ai décidé de m'inscrire dans une université de Floride.

— Oh ! (Keith Parker regarda Katherine d'un œil perçant.) Je suis désolé. Il y a quelques semaines, le professeur Robinson m'a dit qu'il désirait que vous soyez son assistante à Winslow. Est-il au courant de votre décision ?

— Non. Je... Je viens de la prendre ! Nous n'en avons pas encore parlé.

— Hum ! le pauvre professeur Robinson va donc avoir une autre déception.

— Une autre déception ?

— Vous n'avez pas lu le journal de ce matin ?

Keith Parker sortit un journal de sa poche et le tendit à Katherine.

Celle-ci y vit la photo d'une Elena souriante et l'annonce de son prochain mariage avec Helmut Gunther.

— Elle fera une très jolie mariée, n'est-ce pas ?

— Très joli ! murmura Katherine.

Web avait-il appris la défection d'Elena en lisant le journal ?

— Je dois avouer que cela m'a surpris, mademoiselle Malone ! J'étais persuadé qu'elle allait épouser le professeur Robinson. (Keith Parker regarda pensivement le morceau de céleri qui se trouvait au bout de sa fourchette.) Miriam pensait autrement, elle.

Katherine ne fit pas de commentaire.

— Elle avait déjà été fiancée avec monsieur Gunther, continua Keith Parker avec un large sourire. Ah ! l'amour !

Katherine acquiesça et plaça une feuille de laitue sur le reste de sa salade de fruits.

— J'ai été très contente de passer un moment avec vous, professeur Parker, mais je dois à présent m'en aller : j'ai encore du travail.

— Mais, je vous en prie, ma chère ! J'espère
que je vous reverrai avant votre départ... (Keith
Parker regarda Katherine avec attention.) Peut-
être changerez-vous d'avis ? Je sais que le professeur Robinson serait ravi de vous avoir à
Winslow...

Katherine essaya de sourire.

— Je crains qu'il n'espère en vain, professeur Parker !

A 15 heures Katherine ferma la porte du
bureau à clef, le cœur lourd.

Web n'était pas venu après son cours, ce qui
ne l'avait guère étonnée. Elle avait plusieurs
documents à lui faire signer, mais elle pourrait
les lui présenter le lendemain matin.

Elle partit d'un pas lent pour *Way's End*.

L'air frais dissipa bientôt sa migraine.

Une voiture remplie d'étudiants la dépassa :
ceux-là lui firent de grands signes en criant et
elle agita la main dans leur direction, mais elle
était bien loin d'être gaie comme ils l'étaient...

Quelle serait sa vie dans une université où
elle n'aurait aucun ami ?

N'était-il pas insensé de vouloir quitter Winslow à cause de la présence de Web ? Cet homme-
là, ne l'avait-elle pas « sublimé » ? L'environne-
ment ne l'avait-il pas dès le début impressionnée ? Le fait qu'ils s'étaient trouvés seuls au
Bout du chemin...

Quelle que fût l'université où elle pourrait aller, le département de linguistique ne serait sûrement pas de qualité comparable à celui de Winslow. Et maintenant qu'elle avait décidé de préparer une thèse de linguistique, ne ferait-elle pas une sottise en tournant le dos à Winslow ?

Mais là se trouverait l'homme qu'elle aimait et qui ne l'aimait pas...

Qu'il n'épousât pas Elena Mac William était une bien piètre consolation !

Ah ! si elle n'avait pas suivi le conseil de Buffy !

Elle sourit : elle était fort injuste envers son amie !

Si elle allait jusqu'à la chapelle pour mettre de l'ordre dans ses idées ?

EPILOGUE

Katherine avait dépassé la chapelle et était allée jusqu'au petit cimetière.

Elle n'éprouvait aucune honte à le trouver accueillant. Avec ses vieilles tombes, les dernières fleurs sauvages de l'été qui poussaient çà et là...

Qu'avait donc dit Web l'autre soir, quand tout avait si bien commencé ? Elle avait mis son chemisier orné de fleurs sauvages... Ah oui ! il avait dit qu'elle ressemblait à une fleur ! Et il l'avait presque embrassée...

Elle appuya son visage écarlate contre la grille en fer et ferma les yeux : elle l'imagina en train de poser ses lèvres chaudes et pressantes sur les siennes. Qu'est-ce qui avait gâché ce moment ? N'avait-elle pas un caractère atrabilaire, en définitive ?

Beaucoup de ses camarades à Winslow assuraient qu'il fallait vivre le moment présent sans se soucier du lendemain...

Elle essuya les larmes qui lui étaient venues, ouvrit la grille et entra dans le cimetière.

Elle alla s'asseoir sur un banc de bois, au pied d'un hêtre.

Elle caressa le tronc vivant et chaud de l'arbre, observa des myriades de minuscules insectes qui dansaient dans le soleil, entre les rangées de tombes.

La vie était courte. Et c'était un péché que de passer ces précieux moments à broyer du noir et à être malheureuse. Elle le savait bien, mais...

Elle entendit un bruissement dans l'herbe et un petit lapin marron passa à toute allure devant elle.

Elle aperçut une silhouette familière.

C'était Web qui arrivait !

Il pressa le pas.

— Katie ?

Elle détourna le regard.

Il vint jusqu'à elle.

— Que faites-vous là, Katie ?

— Je ne suis pas dans une propriété privée, que je sache !

A quoi servait de répondre insolemment ? Mais cet homme avait le don de la mettre hors des gonds ! Elle l'aimait cependant...

Il s'assit à côté d'elle.

Sa chemise était humide et ses chaussures étaient couvertes de poussière. Il avait dû faire une longue promenade.

— Vous avez raison, Katie : vous n'êtes pas

dans une propriété privée. J'ai été surpris de vous trouver là, c'est tout.

— Je viens ici quand j'ai besoin de réfléchir.

— Moi aussi, Katie... Il est étonnant que nous ne nous soyons pas rencontrés...

Web regarda les arbres gracieusement inclinés, se pencha au-dessus d'un insecte, se redressa.

— Je venais souvent ici quand j'étais gosse...

Il y avait une note de désespoir dans la voix de Web et Katherine en fut émue. Que n'osait elle le prendre dans ses bras sans se soucier du lendemain ! Il devait savoir à présent qu'Elena avait décidé d'épouser Helmut Gunther...

Elle pensa à autre chose : au livre qu'elle avait acheté pour lui le jour où elle avait appris qu'Elena allait se marier avec quelqu'un d'autre que lui.

Elle avait décidé de le lui offrir en cadeau d'adieu, au dernier moment. Mais cela ferait un bon cadeau de paix. Il servirait en tout cas à diminuer la tension qui régnait entre eux.

Elle prit sa serviette en cuir, la posa sur les genoux et l'ouvrit.

— J'ai quelque chose pour vous, dit-elle, brusquement intimidée.

Elle tendit le livre et vit qu'il était surpris.

— Christina Rossetti, dit-elle d'une voix hésitante. J'ai pensé qu'elle vous dirait mieux que je ne pourrais le faire combien j'ai apprécié de pouvoir travailler avec vous.

Il le prit sans rien dire et, la tête penchée, tourna les pages de ses longs doigts bruns.

Après un moment, il commença à lire doucement :

— « Souvenez-vous de moi quand je serai partie. Partie au loin, dans la terre silencieuse. »

Il s'arrêta et la fixa.

— Vous auriez peut-être préféré quelque chose de moins sentimental ? dit vivement Katherine en clignant des yeux.

Il continuait de la fixer. Ses lèvres, qu'elle avait imaginées un moment avant posées sur les siennes, étaient serrées.

Elle avait fait une erreur en lui offrant ce livre, bien entendu ! Des poèmes d'amour ! A quoi pensait-elle donc ? La trahison d'Elena était toute récente...

Elle avait souhaité qu'il souffrît, certes, mais ce souhait avait été dicté par la colère. En ce moment, elle était dans une tout autre disposition d'esprit.

— Pardonnez-moi de vous avoir blessé, Web ! dit-elle d'une voix tremblante.

Si seulement il ne la charmait pas avec ses yeux gris, avec ses regards qui lui semblaient des caresses !

Il posa le livre, ouvert, entre eux.

— Je vous remercie pour ce cadeau, Katie. Je le chérirai d'autant plus que ce sera tout ce qu'il me restera de vous...

Ainsi Keith Parker lui avait parlé ! Il était sûr

qu'il savait qu'Elena l'avait trahi ! Mais ce ne fut pas de cela qu'il parla...

— Je regrette la décision que vous avez prise de ne pas revenir à Winslow, et beaucoup plus que vous ne pourriez le penser, Katie. N'y a-t-il aucune chance que vous changiez d'avis ?

Elena lui avait peut-être brisé le cœur, mais elle, elle ne lui causait qu'un désagrément d'ordre professionnel.

— Non, je veux être près de ma mère, dit-elle d'une voix glaciale. Je veux renouer des liens avec elle.

— Je vois.

Elle devait au moins lui rendre justice.

— Je tenais à vous dire que travailler avec vous a été extrêmement important pour moi, Web... J'ai en effet décidé de préparer une thèse de linguistique.

— J'en suis content. Je crois que c'est là votre voie.

Le regard de Web, qui s'était obscurci, était plongé dans celui de Katherine...

— Mais je regrette que vous ne m'accordiez pas la possibilité de suivre vos progrès.

— Cela vaut mieux, Web, répondit Katherine, le cœur battant très rapidement, troublée par la fixité de son regard.

— Pourquoi ? Pourquoi cela vaut-il mieux, Katie ?

Web avait parlé d'une voix forte.

Pendant un moment, Katherine crut qu'elle

ne pourrait pas réprimer les mots d'amour qui
lui montaient à la gorge.

Mais elle fit un effort colossal et répondit,
d'une voix neutre :

— Je m'ennuie à Winslow.

Il sursauta, comme si elle l'avait giflé.

— Ces semaines passées à Green Notch
m'ont ouvert les yeux, Web. J'ai découvert qu'il
y avait d'autres endroits bien plus intéressants
que cet établissement assoupi et je...

Katherine s'arrêta net : sa voix s'était brisée.
Elle baissa la tête.

Quand elle la releva, Web était l'image même
de la douleur et elle éprouva quelque remords
d'avoir parlé ainsi.

Elle tendit le bras et toucha son poignet.

Web la regarda, le regard vide.

— Je suis désolée pour Elena, dit-elle doucement.

— Vous voulez dire pour son mariage ? dit-il
en battant des paupières. Vous avez lu le journal, bien entendu.

— Oui, mais je savais déjà.

Il parut surpris.

— Elle était à la papeterie-librairie le jour
où j'y suis allée... Elle passait commande de
faire-part. Je ne savais pas si je devais vous en
parler ce soir-là et alors...

Cette fois, ce fut le rire de Web qui empêcha
Katherine de continuer.

— Alors nous nous sommes disputés, comme

d'habitude. Mais vous ne m'auriez rien appris, Katie : j'étais au courant depuis le matin.

Ce fut au tour de Katherine d'être surprise.

— Et j'avais envie de fêter l'événement, Katie. J'étais tellement content que cette farce soit terminée !

Katherine dévisagea son compagnon. Elle n'y comprenait strictement rien !

— Une farce ? Quelle farce ?

— Cette mascarade avec Elena, dit Web, l'air ennuyé. Quand elle m'a suggéré ça, après la réception du premier soir, j'ai accepté, parce que nous étions de vieux amis. Je n'imaginais pas que cela durerait si longtemps ! (Il regarda Katherine.) Et peut-être n'avais-je pas encore conscience d'être amoureux de vous...

— Vous n'avez jamais été amoureux de moi ! s'écria Katherine.

Web eut un rire amer.

— C'est toujours comme ça que vous réagissez, Katie : en niant l'évidence.

— C'est vous qui agissez ainsi ! Croyez-moi, ce n'est pas en prétendant que vous n'avez jamais voulu d'Elena que vous aurez moins mal !

— Vous ne croyez quand même pas sérieusement que j'étais épris d'Elena, Katie ? Ne m'avez-vous pas dit vous-même que j'avais fait une erreur en m'éprenant de vous ?

— Je n'ai jamais rien dit de tel !

— Mais si ! Rappelez-vous, Katie : nous avions dîné ensemble ce soir-là...

— Ce que je voulais dire, c'est qu'en tombant amoureux d'Elena vous aviez fait une erreur ! Vous m'avez demandé ce qui n'avait pas « marché » entre nous et cela a été ma réponse.

Web exhala un profond soupir.

— Vous avez été très claire quand je vous ai embrassée, le premier soir : vous ne vouliez avoir de relations avec moi que professionnelles. J'ai fait tout ce que j'ai pu pour respecter votre désir et cela m'a été extrêmement pénible. Mais j'espérais qu'à Winslow je pourrais vous amener à changer de... d'opinion !

— C'est absurde !

— Je passais mes soirées en la compagnie d'Elena, ce qui m'évitait d'être tout près de vous, de lutter pour ne pas vous appeler ! Je vous l'ai dit, Katie : j'ai fait tout ce que j'ai pu pour respecter votre désir...

Katherine repoussa l'idée que Webster avait éprouvé le même émoi qu'elle lorsqu'elle le savait tout près d'elle.

— Vous mentez, j'en suis sûre, Web !

— Ah oui ? Eh bien, interrogez Elena, ou Miriam Parker ! Ou écrivez à ma sœur ! Notez tout cela dans votre livre noir, mademoiselle Malone !

— Qu'ont à faire madame Parker et votre sœur dans cette histoire ?

— Presque tout ! (Sans doute lassé d'avoir à donner des explications, Web ferma les yeux.) Helen et Elena ont tout manigancé. Mais Helen a

dû s'en aller et Elena a enrôlé Miriam Parker.
Celle-ci a été heureuse qu'on lui proposât de
jouer un tel rôle, bien entendu...

— Mais, pourquoi ?

Web ouvrit les yeux et regarda Katherine
d'une façon qu'elle trouva étrange.

— Enfin, Katie !... Pour rendre Helmut Gunther jaloux, bien sûr ! Pour qu'il retourne à elle...

— Et vous avez participé à une telle entre-
prise ?

Katherine était abasourdie. Web baissait les
yeux, lui, un peu honteux.

— Je ne pensais pas que cela m'entraînerait
si loin... Je croyais qu'il ne s'agissait que de sortir quelques fois avec elle et que j'en aurais terminé...

— Et vous avez déclaré que je manquais de
sincérité, que j'étais une intrigante, à cause d'un
misérable petit baiser que je vous donnais pour
rendre Elena jalouse ! (Les yeux de Katherine
étincelaient.) Vous êtes capable d'une grande
hypocrisie !

Web eut pour Katherine un regard tendre.

— Vous avez peut-être raison sur ce dernier
point, Katie, mais vous avez tort pour ce qui concerne le baiser, dit-il d'une voix douce. Il n'était
absolument pas misérable.

Katherine rougit, et ne répliqua pas.

— J'étais en colère quand je vous ai dit ça,
Katie... Je croyais m'être épris de quelqu'un de
droit et de sincère et j'ai eu tout à coup le senti-

ment que vous vous comportiez comme ces femmes que j'avais réussi à éviter jusque-là, c'est-à-
dire de façon légère ! J'ai prononcé des mots que
je n'aurais pas dû prononcer, c'est vrai...

— Cela n'explique pas le rôle de madame
Parker, en tout cas !

— Quelqu'un devait nous entraîner — Elena
et moi et Helmut Gunther — aux mêmes
endroits et ce quelqu'un...

— L'auberge de Wood Valley ! s'écria Katherine. Helmut Gunther y était avec les Parker...

— Katie, je croyais vraiment que vous aviez
compris tout cela et que vous y étiez parfaitement indifférente. Je voyais bien que vous
n'aimiez pas Elena, mais j'avais mis cette... hos-
tilité sur le compte — pardonnez-moi ! — de la
nature féminine. Nos « trucs » étaient si gros
que j'avais l'impression que Helmut Gunther
seul s'y laisserait prendre. (Web eut soudain
l'air fort étonné.) Nous en avions même parlé
ensemble !

— De vos tentatives pour tromper Helmut
Gunther ? lança Katherine, sur un ton d'indigna-
tion. Jamais de la vie !

— Nos performances, Katie ! Vous ne vous
souvenez pas ? C'était le matin où nous avons
déjeuné sur ce rocher... Je vous ai dit que j'espérais que nos performances avaient été convain-
cantes la veille à l'auberge. Peut-être n'est-ce pas
le mot que j'ai utilisé, mais...

— Je croyais que vous parliez de nous !

— Eh non ! (Web se pencha de nouveau vers Katherine.) Ecoutez, Katie, nous n'avons apparemment jamais été sur la même longueur d'onde : quand l'un parlait d'une chose, l'autre pensait à autre chose...

— Mais, vous vouliez bien épouser Elena ? (Katherine essayait de mettre en place les pièces du puzzle.) Vous souhaitiez acheter *Way's End*. (Elle se tourna vers Web.) Vous avez même dit qu'à deux...

— Oui ! Mais je pensais à vous et à moi, Katie ! C'était là en quelque sorte une demande en mariage. Et qu'avez-vous fait ? Vous êtes devenue furieuse et vous avez plongé dans l'eau !

— Vous aviez pitié de moi ! Vous essayiez de trouver un moyen de vous débarrasser de moi, car il était évident aux yeux de tous que je tenais à vous. Et maintenant vous voulez présenter les choses tout autrement. Il est trop tard, Web !

Web prit les mains de Katherine dans les siennes.

— Katie, nous sommes encore en train de nous disputer.

— Quelle importance ? répondit-elle, les yeux brillants. Rien de ce que vous venez de dire n'a de sens. Tout ce que je sais, c'est que j'ai passé un certain temps à languir pour un homme que je respectais et que j'admirais tout en sachant qu'il aimait quelqu'un d'autre. (Les larmes lui étaient venues et elle essaya de les ravaler.) Et je découvre que cet homme ne

mérite pas qu'on le respecte, qui servait de faire-
valoir à une inconstante ! Si Helmut Gunther
savait ! Vous vous êtes joués de lui...

— Ces deux-là continuaient de s'aimer,
Katie ! Seul l'orgueil empêchait Helmut Gunther de revenir à Elena... Il fallait donc le pousser à sortir de la tour d'ivoire dans laquelle il
s'était enfermé... Pour le bien d'Elena et pour
son propre bien !

— Vous schématisez et...

— Au diable Elena et Helmut ! Parlons plutôt de nous, Katie ! Vous venez de dire que vous
avez langui pour moi... Vous m'aimiez donc...
Saisissons notre chance !

Les larmes coulaient sur les joues de Katherine qui se tenait très droite.

— Vous avez raison sur un point, Webster
Robinson : je vous aimais.

Katherine avait appuyé sur la dernière
syllabe.

— Vous ne pouvez dire cela, Katie !

Elle s'obstina.

— Quand on est capable de jouer le jeu que
vous avez joué, professeur Robinson, on est inca-
pable d'aimer !

— Encore une fois vous vous trompez,
Katie...

— Vraiment ?

Katherine se leva. Aveuglée par les larmes,
elle se dirigea d'un pas hésitant vers la grille.

Elle entendit la voix de Web qui lisait la fin

du poème qu'il avait commencé à lire quand elle lui avait offert le livre.

— « Vous comprenez

Qu'il sera trop tard pour les conseiller ou les
[prier. »

Katherine s'arrêta, captivée par l'unique voix au monde qui pouvait ranimer son cœur, le faire chanter même.

— « Et pourtant, si vous m'oubliez pendant
[un instant

Pour vous rappeler ensuite, ne vous affligez
[pas

Car si l'obscurité et la corruption
[abandonnent

Les vestiges des pensées que j'ai autrefois
[eues... »

Il y eut un moment de silence. Katherine sentait que Web l'observait. Elle avait conscience que son destin était en train de se jouer.

— « Il vaut bien mieux oublier et sourire

Que de se souvenir et d'être triste. »

Alors elle se retourna, le cœur chaviré.

— O Web! gémit-elle.

Il se leva et le livre lui tomba des mains.

— Ne pars pas, Katie! J'ai tant besoin de toi!

Elle courut à lui et il la prit dans ses bras.

Tout malentendu était dissipé, mais elle prit soudain conscience qu'ils se trouvaient dans un lieu qu'on devait respecter.

Elle s'écarta brusquement et Web parut craindre qu'elle ne se ravisât.

Mais elle lui·sourit.

Elle lui prit la main et l'entraîna.

Quand ils furent devant la chapelle, Web demanda, d'une voix rauque :

— Serais-tu partie, Katie ?

— M'aurais-tu laissée partir ?

Ils échangèrent un long baiser.

— Mais, comment allons-nous faire, Web ? Nous ne pouvons pas rester plus d'une heure sans nous disputer !

— Je ne vois qu'une solution à cela, Katie : à partir de maintenant, nous ne parlerons plus que le langage de l'amour.

— Nous reviendrons au *Bout du chemin*, n'est-ce pas, Web ?

FIN

Ce mois-ci, vous lirez dans nos collections :

COLLECTION DELPHINE

L'amour sans partage
de Georgina Grey

Marianne n'héritera du duc de Worthington que si aucun ayant-droit masculin ne se présente dans les six mois consécutifs à l'ouverture du testament. Cette clause va peut-être brouiller bien des cartes !...

COLLECTION INTIMITÉ

La malédiction indienne
de Daoma Winston

Changer de rôle avec sa sœur jumelle peut être un jeu amusant. Mais la substitution ne cache-t-elle pas un guet-apens ?...

COLLECTION NOUS DEUX

L'oubliée du temps présent
de Marjorie Shoebridge

Un homme énigmatique, taciturne et amer au passé obscur... Une jeune femme douce et romantique... Deux chemins qui vont se croiser. Pour le meilleur ou pour le pire ? Tout dépendra d'un enfant au regard triste...

COLLECTION MODES DE PARIS

A l'ombre du rocher maudit
de Sally Tyree Smith

Jennifer retrouve, au Nouveau Mexique, sa sœur devenue veuve. Tout n'est plus qu'égoïsme, amertume et dureté chez la jeune femme. Comment Jennifer pourra-t-elle délivrer du mal secret qui ronge ?...

Achevé d'imprimer
le 21 juillet 1982
sur les presses
de l'imprimerie Cino del Duca,
18, rue de Folin, à Biarritz.
N° 196.

Dépôt légal n° 484.   Août 1982.